文治
© wénzhi books

绝对不在场谜案

[日] 大山诚一郎 著 李雨萍 译

仮　　　面　　　幻　　　双　　　曲

中国友谊出版公司

图书在版编目（CIP）数据

绝对不在场谜案 /（日）大山诚一郎著；李雨萍译
. — 北京：中国友谊出版公司，2024.9（2025.9 重印）
ISBN 978-7-5057-5869-8

Ⅰ.①绝… Ⅱ.①大… ②李… Ⅲ.①长篇小说—日
本—现代 Ⅳ.① I313.45

中国国家版本馆 CIP 数据核字（2024）第 077995 号

著作权合同登记号　图字：01-2024-1644

书名	绝对不在场谜案
作者	[日]大山诚一郎
译者	李雨萍
出版	中国友谊出版公司
发行	中国友谊出版公司
经销	新华书店
印刷	三河市中晟雅豪印务有限公司
规格	880毫米×1230毫米　32开
	9.5印张　165千字
版次	2024年9月第1版
印次	2025年9月第4次印刷
书号	ISBN 978-7-5057-5869-8
定价	49.80元
地址	北京市朝阳区西坝河南里17号楼
邮编	100028
电话	（010）64678009

如发现图书质量问题，可联系调换。质量投诉电话：010-82069336

我们完全不知道，劳伦特在那里换了一张什么样的脸。

——约翰·迪克森·卡尔《夜行》

井上一夫 译

主要登场人物

占部文彦……………………占部制丝社长

占部武彦……………………文彦的双胞胎弟弟

占部龙一郎…………………文彦及武彦伯父，已故

占部贵和子…………………龙一郎妻子

三泽纯子……………………占部家女佣

冈崎史惠……………………占部家厨师

安藤敏郎……………………占部家司机

藤田修造……………………占部制丝专务

立花守………………………捎客

绪方…………………………双龙镇医生

真山小夜子…………………占部制丝女工，已故

目录

序幕

昭和二十一年·冬

---

① 昭和二十一年即 1946 年。——译者注（如无特殊说明，以下皆为译者注。）

1

冬日下午的阳光透过脏兮兮的窗户，映照出空荡荡的病房里的光景。

墙纸上布满来路不明的污渍，随处可见剥落的痕迹。电灯泡孤零零地悬挂在天花板上。铺了瓷砖的地板上放着一个旧火盆。床和椅子都有些年头了。

躺在床上的占部武彦把正在阅读的尼采的书放到枕边，抬手摸了摸自己的脸。

脸上传来硬邦邦的触感，因为上面裹着绷带。他的整颗头都裹着绷带，能够接触到空气的只有眼睛、鼻孔和嘴巴。

武彦掀开毯子，从床上坐了起来。他看了一眼墙上的摆钟，已经下午4点多了。

他走到窗边，拉开窗帘，向外眺望。灰蒙蒙的天空下，一条似乎被轰炸过的街道向远处延伸。医院门前的窄道上空无一人。狂风吹拂，路上纸屑翻飞。这番光景无比凄凉，就跟他的心一样。

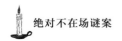

敲门声响起。

武彦道了声"请进",门"嘎吱"一声开了,增尾医生走了进来。他大约五十五岁,身材短小,一副穷酸相,皱皱巴巴的白大褂也不知道多久没有洗过了。大概是因为一整天都在喝酒,他的身上散发着一股劣质酒精的味道。无论从哪个角度看,他都是一个人生的失败者。

"感觉怎么样?"

医生嗓音嘶哑地问道。估计是饮酒过量,把嗓子喝坏了吧。

"感觉特别好。就是绷带下面有些痒,很不舒服。"

今天是接受整形手术的第十天。武彦终于习惯了脸上裹着的绷带。

"再忍一下,马上给你拆绷带哦。"

"我很期待。"

武彦嘴上这么说,心里却有些没底。

"那位医生虽说是个没救的酒鬼,但是整形技术无人可比"——他因为黑市上的这则传闻选择了这家医院,这个选择正确与否,答案马上就要揭晓了。

增尾让他坐到椅子上,取出剪刀,朝他伸出右手。武彦的耳畔响起剪刀裁断绷带的声音。在增尾娴熟的动作中,绷带被一圈一圈地拆掉了。

　　这家医院连个护士都没有。据说一个月前，都还是增尾的妻子在担任护士，但是她终于受够了酗酒的丈夫，离家出走了。没有护士——这也是武彦选择这里的理由之一。目击者少一个是一个。

　　绷带被完全拆除了，脸接触到外界的空气，感觉有些冷。增尾医生递给他一面手持的小镜子。武彦接过来，慢慢地举到自己面前。

　　镜子里映出一张与以前截然不同的脸。

　　眉毛、眼睛、鼻子、嘴巴、脸颊、下巴，武彦为了确认手术结果，用右手逐一摸了摸这张新脸上的各个部位。随后，他又试着让这张脸动了动。微笑的表情、愤怒的表情、悲伤的表情、开心的表情，这张新脸随心所欲地做出了种种表情，没有任何不自然之处。

　　非常完美。如果是这张脸的话，估计任何人都觉察不出来吧。没错，就连他的双胞胎哥哥文彦也一样。如此一来，计划一定能够顺利进行。

　　"怎么样？很完美吧？"

　　医生观察着武彦的反应，得意扬扬地挺了挺腰杆。

　　"不错，是我理想中的脸。"

　　在黑市上听到的传闻是真的。如果不是被酒精搞坏了名声，

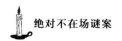

这个男人肯定早就凭借医术名利双收了。

"在整形技术方面，还没人能胜过我哦。去德国留学的时候，连导师都经常夸奖我。来吧，给你拍张照片。"

增尾拿出一台使用感光片的老式照相机，给武彦这张新脸拍了张照片。十天前他刚住进这家医院的时候，也拍过一张照片。现在需要将术前与术后的面部照片分别贴到病历上去。据说拍照是增尾在德国留学时培养出来的爱好，他甚至在这家医院里搞了一间暗房。

增尾冲洗照片期间，武彦靠阅读尼采的书打发时间。一个小时后，医生拿着武彦的新脸照片回来了。他将这张照片贴到病历的术后栏中。术前栏中已经贴有拍摄于十天前的旧脸照片。

"行了，搞定了——话说回来，看到手术完成得这么顺利，突然就想喝酒了。去候诊室坐坐吗？"

2

12月的落日余晖透过脏兮兮的窗户，映照出乱糟糟的候诊室里的光景。

战争已经结束，"奢侈是敌人！"的招贴画却还没有撕掉。黑皮沙发破了，露出里面的填充海绵。房间中央放着一个旧火盆，为冷飕飕的室内增添了些许暖意。

"你也喝一杯吧。"

二人在沙发上坐下以后，增尾拿出一瓶威士忌。

"是杰克丹尼哦，美国人的走私货。多亏你付了一笔巨款，我才能在黑市上搞到。"

"我就不必了。"

"哎呀，你不喝酒吗？真够没劲的。我那离家出走的老婆也很讨厌我喝酒。"

医生将琥珀色的液体倒入高脚杯中，一饮而尽，口中发出满足的叹息。

"真是沁人心脾啊！美国人就是喝着这玩意儿打仗的啊。也难怪日本会输。话说回来……"医生冷不防用锐利的目光看向武彦，说道，"或许我不该问……不过，你干这个究竟有什么目的？"

"我付你这么多钱，就是不想让你打听这种问题。"

听到这句冷冰冰的回答，增尾立刻露出畏缩的表情。

"规矩我当然懂啦。"

"虽然我觉得应该不会，不过，你没把我的事随便跟左邻右

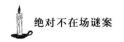

绝对不在场谜案

舍说吧？"

"没有说哦。"

"算你明智。"

医生又往高脚杯里倒了些威士忌，咕嘟咕嘟地喝下去。

"你究竟是何方神圣？在这种世道，腰包为什么这么鼓？莫非你是倒腾黑货的？"

武彦在心里叹了口气。这个男人的好奇心似乎过于旺盛了。

"稍微透露一点嘛。你干这个是为了赚钱吗？要是有赚钱的机会，能不能也带我一个？喂，拜托你啦。"

"真拿你没辙。既然你帮我做的整形手术这么完美，我就破例告诉你吧。"

"我会领你的情的。"

"其实……"

武彦低声开口，增尾立刻一脸期待、双目放光地身体前倾。下一刻，武彦突然捞起杰克丹尼的酒瓶站起来，照着对方的脑袋狠狠地砸了下去。

酒瓶破碎的刺耳声音和增尾的惨叫声交织在一起。琥珀色的液体飞溅到布满尘埃的地板上，缓缓地流淌开来，医生的身体"咚"的一声倒了下去。

武彦迅速将增尾的身体扳成脸朝下的状态，用膝盖顶住他

008

的后背，紧接着又拿出藏在身上的绳子，绕到增尾的脖子上，交叉以后，用尽浑身的力气勒紧两端。增尾拼尽全力，试图将手指插入喉咙与绳子的缝隙间。他的脖子越来越红，喉咙里溢出水管堵塞一般的声音。他的双腿在拼命挣扎。然而武彦死死地压着他的身体，继续勒紧绳子。

没多久，医生的动作便越来越迟缓，最终彻底停了下来。他的脑袋无力地歪了下去。

武彦重重地喘息了一会儿。在被夕阳染红的脏兮兮的候诊室里，只能听见他的呼吸声。

红光中，那具身体宛若坏掉的人偶一般，无力地张开四肢趴在地上。武彦正呆呆地望着，突然有颗炮弹在他的耳边爆炸了。泥沙飞溅，血肉横飞。耳边回荡着冲锋的呐喊声。倒在眼前的身躯、残留在双手上的真切触感，试图撬开记忆的闸门。在战场上目睹的一些死亡场景，试图从记忆的深处苏醒。他晃了好几次脑袋，将那些画面驱赶出脑海。

他摸了一下医生的脉搏，确认对方已经死亡，便掏出手帕，将可能残留在威士忌酒瓶碎片上的指纹细致地擦掉，接着又将尸体扳回到脸朝上的状态。

一抹错愕的情绪凝固在增尾的脸上。瞪大的眼睛仿佛是在责问武彦。

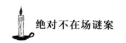

武彦喃喃自语，原谅我吧，我和你无冤无仇，可是为了杀掉哥哥，不得不请你去死。

——你们两个不愧是双胞胎啊，真的一模一样。

已故伯父的声音回荡在脑海里。今年的1月28日，他和哥哥一起去双龙镇的时候，伯父面带着喜悦说了这句话。

——有双胞胎继承家业的时候，占部家总会越来越兴旺。所以，你们这一代肯定也会很兴旺。

很遗憾哦，伯父，你的期待落空了。我和哥哥之间有一道无法逾越的鸿沟。水火难以相容。所以，我只能这么做。

犯罪计划已经巨细无遗地制订好了。终极目标是杀害哥哥文彦，执行时间是明年11月20日晚上。想到在此之前必须完成的任务那般艰巨，突然有种不安袭上武彦的心头。

能做到吗？能顺利走完最后一步吗？

他的脑海中浮现出此生唯一挚爱的女人的面庞。她的音容笑貌犹在眼前。为了她必须去做，哪怕前方有再多艰险。

他看了一眼手表，此时是下午5点17分。6点，附近的主妇应该会过来送晚餐。他必须在那之前离开此地。不过，他还有一件事情必须去做。

那就是让这个世界上的任何人都无从知晓自己通过整形手术获得了一张什么样的脸。武彦开始寻找病历。

第一曲

隐藏的脸

1

火车随着煤烟驶离后，我和哥哥在北陆线双龙站的站台上伸了个懒腰，呼吸着新鲜空气。

昨天晚上，我们乘坐9点35分发车的快速列车，从东京站出发，在拥挤的三等车厢度过九个小时后，于今天早上6点35分抵达米原站。由于在车厢内几乎无法活动身体，我们刚在米原站下车，就立刻在站内走来走去，舒展身体，并且买了便当吃。随后我们又换乘敦贺方向的9点40分的列车，于10点22分抵达双龙站。

外面寒意逼人，感觉比东京的温度要低两三度。我和哥哥拢紧外套。有几名像是从大城市来购物的背着大包小包的男女，和几名像是从附近车站赶来的乘客穿过了检票口。

"要不要到车站周围走走？"我向哥哥提议。

距离下午2点和委托人约好的碰面时间还有很久，仅仅在米原站内走来走去，完全无法缓解身体的僵硬。哥哥点了点头，说了句"也行"。

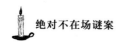

　　一走出火车站，就看到一个小广场，警署、镇政府、邮政局、文化馆、医院、书店、自行车店、饭店等鳞次栉比。广场中央甚至还建有一座喷泉。由于过了长滨站以后就都是一些乡土气息满满的车站，双龙站的时尚氛围令我吃惊。这个小镇似乎相当繁华。

　　我们逛起了铁路沿线的商店街。拎着购物篮的主妇们站在鱼店、蔬菜店、豆腐店的门前聊天。小孩子们在周围跑来跑去。在见惯了东京的废墟和黑市的人眼中，这是一片无比祥和的光景。

　　没多久就走到了商店街尽头，左手边出现了一座庞大的寺庙。旁边有一片相当广阔的墓地。只见五名男女立在一块还很新的墓碑前，一名僧侣正在他们面前声音洪亮地诵经。

　　两位二十来岁的年轻女性穿着洋装，以手帕掩口，强忍着呜咽；一位四十来岁的女性穿着颇显昂贵的日式丧服，脸颊丰腴，慈眉善目，气质莫名有些像观音菩萨；一位五十来岁的女性戴着眼镜，看着严谨耿直，像是一位教师；还有一位身穿司机制服的三十岁左右的男性，是一个令人惊叹的美男子。这五人无论体貌还是衣着都毫无相同点，似乎不是亲戚。若说是逝者的朋友，年龄又相差太大了。他们和逝者究竟是什么关系呢？

　　僧侣诵经结束，五人深深地朝他鞠了一躬。"小夜子应该也很开心吧。"女人的声音随风传来，他们正在吊唁的好像是名叫小夜子的女性。

我和哥哥走过寺庙，继续沿着墓地前行。走了一会儿，肚子饿了。想到商店街的一角有家咖啡馆，我们决定原路折回，去那里看看。

那是一家招牌上写着"小姐①"的咖啡馆。店面小而舒适，有一个餐桌位和四个吧台位。放在吧台上的收音机流淌出《苹果之歌》的旋律。店内没有客人，我们坐进了餐桌位。

吧台后有两名系着围裙的三十来岁的女性。二人长得特别像，应该是姐妹吧。

我拿起桌上的餐单。松饼、冰激凌、豆沙水果凉粉、咖啡、红茶、牛奶、苏打水……尽管餐单上只有七种餐品，但这些文字看起来却像是在闪闪发光！

松饼十五元②、咖啡十元，价格很公道，说不定都是山寨货。不过我和哥哥还是决定把这两样都点来试试，毕竟我们今天的腰包比平时都鼓。

没多久，我们点的东西就送了过来。已经好多年没有闻

———————————

① 原文为法语"mademoiselle（小姐）"的片假名写法。

② 文中的货币单位皆为日元。

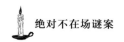

到过的咖啡醇香扑鼻而来。我喝了一口，令人怀念的苦味立刻扩散开来。不是用蒲公英根粉做的山寨货，而是货真价实的咖啡！松饼上涂了蜂蜜，我用叉子叉着尝了一口，甜味瞬间充满味蕾。里面放了地地道道的砂糖！

除了我们没有别的客人，两姐妹似乎有些百无聊赖，在吧台内闲谈起来。

"今天是小夜①的一周年忌日呢。"看着像妹妹的那位开口。

"是吗？小夜都已经去世一年了吗……不知道武彦先生来了没有。"看着像姐姐的那位说道。

"应该没来吧。他要是来了的话，在车站肯定会被人看到吧？"

"小夜这个男朋友可真够薄情的。小夜葬礼的时候表现得那么悲痛，还把他哥哥骂得狗血淋头，没想到这么快就把小夜忘在了脑后。该不会是在大阪或者东京有别的女人了吧？"

"我倒觉得武彦先生不是那种薄情的人。"

"怎么，你是武彦先生后援会的吗？"

"姐姐才是文彦先生后援会的呢！难道你没有幻想过，自己搞不好可以钓到这个金龟婿吗？"

---

① 小夜子的昵称。——编者注

"怎么可能幻想过？我再自不量力，也不会认为自己可以钓到占部家的少爷啦。只是觉得那种冷淡的气质有些说不上来的感觉而已。"

"冷淡的气质？姐姐，你都没跟文彦先生说过话吧？而且文彦先生和武彦先生长得一样，难道不是吗？"

我和哥哥对视一眼。寄来委托信的女性名叫占部贵和子。占部是一个罕见的姓氏。二人口中的武彦和文彦，肯定跟这位女委托人有亲戚关系。她们说"文彦先生和武彦先生长得一样"，难道他们是双胞胎？

还有一件事令我好奇。她们提到的"小夜的一周年忌日"，不会就是我们刚刚偶然碰到的法事吧？记得当时有个声音随风传来——"小夜子应该也很开心吧"。

哥哥似乎也意识到了这件事。我不过只是在心里想想而已，但我那哥哥却丝毫不见外地面朝吧台搭话道："你们说的小夜子小姐的一周年忌日，我们刚刚看到追悼法事了。"

二人惊愕地看向哥哥。

"两位顾客是什么人？"

"抱歉，我们不是坏人，只是旅客。"哥哥全然不在意二人的目光，从容不迫地回答道。

姐姐目不转睛地打量着我们的行李。

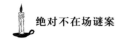

"旅客？来购物的吗？"

"嗯。"

"从哪儿来的？听你的口音，是从东京来的？"

"是的。"

"这样的世道，专程从东京来这个镇子旅行吗？可真有兴致啊。"

这时，妹妹插嘴道："你说你们看到了小夜的追悼法事，是真的吗？"

"是真的。到站以后，我们四处闲逛，走到寺庙的时候，正好碰到了这位小夜子小姐的法事。参加法事的人不像是一伙儿的，感觉很奇怪。他们看起来既不像亲戚，也不像同事。"

"来的都是些什么人，你还记得吗？"

"有两位二十来岁的女士，一位身穿昂贵日式丧服的四十来岁的女士，一位学校教师模样的五十来岁的女士，还有一位身穿司机制服的三十岁左右的男士。"

"武彦先生真的没来吗？"妹妹有些失望地喃喃道。

"你说的武彦先生，是小夜子小姐的男朋友吗？"

"是啊。"

"他是什么人？是占部家的少爷吗？"

"你打听得未免太多了吧？"

"哦，抱歉。"

哥哥微微一笑。他那张脸一笑起来就莫名讨喜。

"刚刚听你们说文彦先生和武彦先生长得一样，难道他们是双胞胎？"

"是啊。"姐姐好像被哥哥的笑容诱惑了一般，点头说道，"文彦先生是占部制丝的社长，武彦先生是专务。不过现在不是了。"

"占部制丝是这个镇上的公司吗？"

"是的。是一家超大型公司哦。啊，你刚刚在轻蔑地想，'你口中的公司再大，也不过是个乡下公司，跟东京比没什么了不起的'，是不是？"

"绝无此事。"哥哥慌忙摆了摆手。

"占部制丝是滋贺县屈指可数的大公司哦。在琵琶湖畔有五座工厂，在那里做工的工人有一千多名。你们看到站前广场了吧？感觉怎么样？"

"感觉很惊艳。"

"在如今这个世道，很厉害吧？多亏了占部制丝慷慨捐赠，车站前面才能都修整一遍。"

"那可真了不起啊。话说回来，我们路过了商店街，店铺很多，客流量也挺大的呢。"

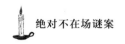

"是吧？这个镇上有三分之一的人口从事跟占部制丝相关的工作，剩下的人也都因为占部制丝得到了好处。"

哥哥表示自己"有眼无珠"，姐姐立刻满意地点了点头。

"那么，武彦先生的女朋友小夜子小姐又是什么人呢？"

"她是占部制丝的女工。"

"专务和女工，可真是一个与新时代相称的组合啊。不过，小夜子小姐怎么会过世呢？"

姐妹俩对视一眼。

"……可以说吗？"

"……不知道。"

"请放心，我的嘴巴特别严。"哥哥昂首挺胸地说道。

姐妹侧了下头，将目光投到我身上。

"这是我妹妹，她的嘴巴比我还严。从刚才起她就一言未发，足以证明这一点。"

那是因为我被哥哥的厚脸皮惊呆了。

"好吧……"姐姐点了点头，说道，"其实，她是自杀的。"

"自杀？一个正在跟少爷交往的人，为什么会自杀呢？"

"因为有人到处散发诽谤她的信，让她特别痛苦。"

"诽谤信？"

"大概从去年9月开始，有人在镇上散发诽谤小夜的信件。

好像不是通过邮局投递的，而是趁着夜色直接塞到各家的。"

"我们家也收到了一封。"妹妹说道。

"是什么样的内容？"

"总之挺过分的。说她跟镇上的男人乱搞，在米原的镇上做过娼妓之类的……"

"没弄清楚是谁送的信吗？"

"好像没有。听说警方一封一封地回收了那些信，调查了笔迹和指纹，但是一无所获。那些字好像都是用尺子描出来的，所以可能没办法做笔迹鉴定，貌似也没有留下指纹。"

姐姐说道："听说武彦先生怒不可遏，跑去警察局放了一通狠话，说要逮住犯人给他们瞧瞧。可是他也没能查出犯人是谁。"

妹妹说道："我朋友和小夜是同事，她说小夜实在太可怜了，一天比一天憔悴……"

"所以，她最终选择了自杀。"

"她在女工宿舍吞了氰化钾。好像是战争时期发给大家自杀用的。"

"武彦先生应该很悲痛吧？"

"简直是痛不欲生。"

"如果只是悲痛就好了。"姐姐插嘴道。哥哥身体前倾，问

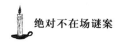

她为什么会这样说。

"据说，武彦先生认为送诽谤信的人是文彦先生。"

"那可真让人揪心啊。他有什么根据吗？"

"这我就不知道了。总之，他和文彦先生大吵了一架，去年12月离开了这个镇子。有人说他去了大阪，也有人说他去了东京，众说纷纭，但是谁也没有确切消息。也不知道他现在在哪里，过得怎么样……"

"小夜子小姐没有家人吗？"

"她从小就父母双亡，跟她哥哥被亲戚们踢来踢去。从寻常小学①毕业以后，她就进了占部制丝的工厂。自从开始了住宿生活，她好像就跟亲戚们断绝了来往。她哥哥在外面混了十六年黑道，从亲戚家跑出去以后就不知所终了……"

"真是个可怜人……对了，我们在墓地见到的人里，有一位身穿昂贵日式丧服的四十来岁的女士，请问她是什么人？"

"那是贵和子夫人。"

原来那位女士就是我们的委托人。

"她是什么人呢？"

---

① 日本明治时期根据1886年《小学校令》建立的初等普通教育机构，前身为"下等小学"（1881年至1886年4月称"小学校初等科"），直到1941年实施《国民学校令》，改名为"国民学校"。

"她是文彦先生和武彦先生的伯母。准确地说，应该是文彦先生和武彦先生的父亲的哥哥的妻子。"

"那位夫人很漂亮呢。"我插嘴道。

"是吧？湖北的寺庙里到处都有十一面观音像，那位夫人的端庄长相跟那些观音像特别像……她特别和蔼可亲，对我们这种人一视同仁。"

"她是本地人吗？"

"不，她是京都人，娘家在西阵经营绸缎批发店，她是二十多年前嫁到这里来的，不过丈夫已经去世了。我们那时还在上寻常小学，但是我至今还记得那天的事呢。她身穿白无垢①的身姿，简直漂亮得跟仙女下凡似的……"

"还有一位学校教师模样的五十来岁的女士，两位二十来岁的女士，你们知道她们是什么人吗？"

"估计是占部制丝女工宿舍的舍监和小夜的同事们吧。"

"穿司机制服的男士是贵和子夫人的司机吧？"

"是的，他叫安藤。"

"他是个绝世美男子吧？像演员一样。"妹妹的呼吸变得有

---

① 和服的一种，日本女子的传统婚服，包括佩戴的小物件在内，从内到外全是白色。

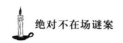

些急促。

"你呀，不是武彦先生后援会的吗？"姐姐无语地吐槽道。

"武彦先生挺好的，那个人也挺好的嘛。"

"真是受不了你。"

就在这时，门突然开了，有客人走了进来。我看了一眼墙上的挂钟，马上就要下午1点40分了。

"哥哥，约好的时间快到了。"我捅了捅哥哥，站了起来。

"嗯？啊，确实。"哥哥也站了起来。

"咦，你们要走了吗？"

"还想跟你们多聊几句呢！"

姐妹俩恋恋不舍地挽留我们。

"不好意思，我们约了2点跟别人碰面……"

"那真是太遗憾了。你们会在这个镇子待一阵子吗？"

"嗯，虽然不知道会待几天，但我们计划停留一阵子。"

"那要再来光顾呀！"

"我们会再来的。松饼和咖啡都非常可口哦。"哥哥一边掏出钱包，一边说道。

对于哥哥能够迅速跟人搞好关系这一天赋，我至今都佩服不已。他去干诈骗应该挺有前途的吧。

2

"站在双龙站前的邮筒旁"，这是委托人在信中做出的指示。

"喂，哥哥，真的没问题吗？那封信应该不是恶作剧吧？"我心里突然有些没底，这样问道。

"确实有个叫占部贵和子的女人，应该没问题。再说，就算是恶作剧也没关系。"

"为什么？"

"琵琶湖是鱼的宝库，本地的鱼肯定物美价廉。我们大不了一饱口福再回东京就是了。收到了足足五千元，绰绰有余。"

我哥哥是个多么乐观的男人啊。

收到占部贵和子女士的来信是一周前的事。信上说有件事一定要委托给我们，希望我们11月20日能去一趟滋贺县双龙镇，还说下午2点她会到双龙火车站前接我们。具体的委托内容虽然没写，但是随信附上了五千元的汇票作为定金，还表示如果我们能去双龙镇接受委托，她会再支付一万元。五千元是笔巨款。随信附上的汇票不会是假的吧？我们怀疑地端详了半天，

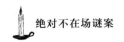

但是左看右看都没问题。然后去了趟邮局，结果真的兑到了钱。对方出手这么阔绰，实在不像是恶作剧。目前没有任何受委工作的我们，决定千里迢迢地跑一趟滋贺县。

2点整，一辆漆黑的戴姆勒平稳地驶入站前广场。身穿司机制服的男人下了车。是那个我们在墓地见到的美男子。司机拉开后车门，那位气质典雅的女士从车上下来。她身上的丧服已经换成了一袭蓝色和服。

女人看向我们，笑吟吟地走了过来。司机紧随其后。

"是川宫圭介先生和奈绪子小姐吧？"

女人跟我们打招呼，我们道了声"是"。

"我是给二位寄信的占部贵和子。承蒙二位远道而来，实在感激不尽。"

她的口音里隐约带着点京都腔调，非常有魅力。

"您太客气了，感谢您委托我们。"我和哥哥低头道谢。

"从东京到这里，肯定很不容易吧？"

"嗯，有一点儿。现在这个世道，也没办法。对了，请问您要委托我们做什么？您在信上没有透露具体内容……"

"具体内容我想直接跟你们面谈。其实有些话我担心被外人知道，所以无法写在信里。听说会被审查……"

GHQ（联合国军最高司令官总司令部）会审查日本公民的信

件，这是公开的秘密。

"稍后我会带二位前往寒舍，在车上跟你们聊。"贵和子夫人看向候在斜后方的司机，"安藤，把川宫先生他们的行李拎上去吧。"

司机点了一下头，拎起我们的行李就走。这个人就是令"小姐"咖啡馆的妹妹芳心躁动的安藤呀，确实挺英俊的。他身高一米六五，脊背挺拔舒展，两只手轻轻松松就将我和哥哥的行李提了起来，健步如飞。这画面就像是美国电影里的一个场景。"啊，麻烦您啦。"我和哥哥边说边追上去。安藤打开戴姆勒的后备厢，将行李放了进去。

在此期间，路过的行人看到贵和子夫人，纷纷恭敬地跟她问好。可见她在这个镇子很有影响力，怪不得"小姐"咖啡馆的姐妹俩对她赞不绝口。她的脸上挂着温和的笑意，一一回应那些问候。

贵和子夫人踩上汽车的踏板，动作优雅地坐进副驾驶座。我和哥哥则坐至后排。

戴姆勒平稳地起步后，贵和子夫人开口道："我先介绍一下我们家的情况吧。我们占部家在双龙镇经营着一家名为占部制丝的纺织公司。现任社长名叫占部文彦，是我的侄子。具体来说，他是我已故丈夫——前任社长龙一郎的弟弟的儿子。文彦

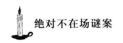

有个双胞胎弟弟武彦，以前在占部制丝担任专务，不过他去年12月离开了这个镇子。"

又一次听到兄弟二人的名字，我有些惊讶。

"我想请你们找到武彦，并且保护文彦，让他不要被武彦伤害。"

"保护？武彦先生打算伤害文彦先生吗？"我问道。

"是的。"

我刚想问"为什么"，忽然想起在"小姐"咖啡馆听说的针对女工小夜子的诽谤信。

"一年前的今天，武彦的女朋友自杀了。去年12月，武彦跟文彦大吵了一架后，离开了这个镇子。因为武彦一心认为导致自己女朋友自杀的罪魁祸首是文彦。"

她果然提到了这件事。

"自杀的罪魁祸首，这可真让人揪心啊。到底是怎么回事？"哥哥露出仿佛第一次听说这件事的表情，问道。

"占部制丝有一个叫真山小夜子的女工，是武彦的交往对象。可是有人却在镇上到处散发针对她的诽谤信。她饱受折磨，最终选择了自杀。武彦一心认为散发诽谤信的人是他哥哥文彦，对文彦恨之入骨。"

"他为什么会认为散发诽谤信的人是文彦先生呢？"

"'哥哥也喜欢小夜子，所以容不下她和我交往'，这是武彦的原话。"

"他说的是真的吗？"

"我不知道……无论如何，文彦都不是会做那种事的人，可是武彦却坚持这么认为……"

"不过，那是去年的事吧？您又是怎么知道武彦先生现在想要加害文彦先生呢？"

贵和子夫人从放在腿上的手提包中取出一个信封，转身递给后座的我们看。

"这封信是半个月前武彦寄来的。"

信封正面写有一个地址，应该就是占部家的地址，还有收件人的姓名——占部文彦。她提示我们看信封背面，上面既没有寄件人的地址，也没有落款。

"这上面的笔迹是武彦先生的吧？"

"是的。请看信封里的剪报和信纸。"

哥哥从包中取出手套，戴上以后才接过信封，毕竟上面可能留下了寄件人的指纹。他从信封里抽出一张剪报和一张折叠的信纸。

剪报上端的报道栏外写有一个日期——"昭和二十一年12月14日（星期六）"。浏览完剪报上的报道，我不由得倒吸一口

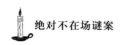

凉气。

整形外科医生遇害　凶手换脸后逃匿

在位于东京都王子区王子町二丁目三番地四号的增尾外科医院，院长增尾周作先生（五十六岁）被人杀害，13日傍晚6点，附近的主妇送晚餐时发现此事，向王子警署报案。凶手先是用洋酒瓶殴打增尾医生头部，继而用绳索勒死他，推断死亡时间为当日下午5点左右。附近的主妇表示，十日前有一名患者入住该医院，但是该患者失踪了。据说增尾先生的专业为整形外科，该患者也接受了整形手术，整张脸上一直裹着绷带。搜查本部①查阅病历时发现，上面登记的姓名为"占部武彦"，但是经过调查，其住址系伪造，术后照片也被人从病历上撕掉了。搜查本部将该患者列为嫌疑人，正在追查其行踪，但是由于不知道其目前的容貌，搜查难度很大。

报道旁刊登出了一张小小的肖像照，下面附有"术前照片"的说明。虽然是单眼皮、塌鼻梁，却是个相当英俊的男人。

---

①　搜查本部相当于专案组。

030

"这就是武彦。"

我隐约想起自己大约一年前看到过这起案件，当时还觉得这起案件像侦探小说一样。

"读完这篇报道，我完全难以置信，但是那张照片横看竖看都是武彦。我和文彦这才知道武彦去年12月离开这个镇子后的行踪和所作所为。"

"你们报警了吗？"

贵和子夫人有些踌躇地回答："没有。"

"如果报警，就跟证实了武彦是凶手一样。文彦也是同样的意见。"

我突然有些担心，这番话可以在司机安藤面前说吗？但是贵和子夫人毫不在意，安藤开车的动作也没有变化。安藤估计已经知道这些事了吧，看来贵和子夫人对他非常信任。

"可是仅凭此事，并不足以判断武彦先生要加害文彦先生吧？"

"请读一下信上的内容。那也是武彦的笔迹。"

哥哥戴着手套展开那张折叠的信纸。在白色的信纸中央，用大号字体写着三句话：

别忘了11月20日。

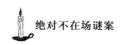

你知道我为什么要换一张脸吗？

我就在你身边。

"11月20日……就是今天啊。"

"今天是小夜子去世的日子。他说不要忘记这一天，应该是在恐吓文彦，自己要在这一天对他动手。还有'你知道我为什么要换一张脸吗？我就在你身边'，我也只能读出一个意思，那就是他通过整形手术换了一张脸，用另一种身份潜伏在文彦的身边。"

"确实是呢。"

"我问过文彦要不要报警，可是文彦说：'要是报警的话，感觉就像是承认了弟弟是杀人犯一样，我不想报警。'我说：'可是，武彦想要加害你这件事是肯定的吧？'文彦却不愿意相信这种可能性，他说：'从出生到现在，我和弟弟已经一起度过了将近三十年的时光，我不认为弟弟想要杀害我。'

"于是我向他提议，从占部制丝的员工当中挑选身强力壮的人担任保镖。可是文彦依然反对，他说如果让下面的人看到高层之间的纠纷，会起到不好的示范作用。所以，就只剩下最后一个办法了，那就是委托可以信赖的外人担任保镖。可是，只靠保镖并不能解决根本问题，还得找到隐姓埋名生活在这个镇上的武彦。既能够担任保镖，又能够找人——这时，我的脑海中浮现出了你们的名字。"

"您是从哪里听说我们的呢？不是我谦虚，我并不觉得我们事务所的名号已经如此响亮，以至于可以传播到这里。"

"衣笠夫人，你们也认识，我是从她那里听说的。她是我读女校时的朋友，前几天我久违地跟她通了一次电话，她跟我聊到了你们。"

大概半年前，我和哥哥接到过一起盗窃案的调查委托，案件发生在东京麻布的没落贵族衣笠家，我们当时完美地解决了案件。衣笠夫人就是衣笠家的女主人。

"我从她那里听说了你们当时的风采。听说你们不光找到了凶犯，还将大闹的凶犯制伏了呢。她说你们不光聪明机智，拳脚功夫也十分了得，对你们赞不绝口。所以，我才决定委托你们。跟文彦说了以后，他终于同意了我的建议。"

"非常感谢。"

顺便提一下，是我制伏了大闹的犯人。念女校的时候，在体操课上学到的长刀是我的拿手绝活。当时的我打遍全校无敌手，人送外号"巴御前①"。在解决衣笠家的案件时，我捡起扔在

---

① 日本源平时代的女将，《平家物语》中说她"善用强弓，无论马上或徒步，无不百发百中，神鬼皆愁，算得上是一以当千的英雄"。

庭院中的晾衣竿当长刀，将犯人打倒在地。

"文彦说等他从公司回来，想跟二位一起吃个晚餐，到时候再跟你们详谈。"

和公司社长吃晚餐？占部制丝好像是家特别有钱的公司，兴许能吃到好东西呢！

哥哥用戴手套的手灵巧地将信纸叠好，和剪报一起装回信封，还给贵和子夫人。贵和子夫人将信封重新收进手提包里，笑吟吟地说道："二位年纪轻轻就能开设侦探事务所，真是了不起呢。"

"开设事务所的是家父，我们是二代。"我回答道，"家父以前是警视厅的刑警，不过因为看不惯特高①越来越专横跋扈，他在昭和十四年②离职了，开了这家侦探事务所。"

"所以，二位是继承了令尊的事业吗？"

"是的。"

"二位会经常向令尊请教吗？"

"不，家父已经去世了……"

"实在抱歉。不过，我想他看到孩子们这么活跃，一定非常

---

① 全称为"特别高等警察"，日本明治末期到第二次世界大战时控制人民思想言论的政治警察，专事负责压制反政府的社会运动。

② 即1939年。

欣慰。"

我微笑着向她道谢。

父亲是前年5月24日在空袭中失踪的。当时哥哥出征了。那一天，在大井町家中的就只有我和父亲两个人。我们被空袭警报吵醒，在火焰中仓皇逃命，就在逃命的路上，我和父亲走散了，从此再也没有见过他。虽然遗体最终没有找到，但是在命丧那一天的诸多人中，应该也有父亲吧。

"二位的搜查技巧都是令尊教的吧？"

这次轮到哥哥回答："也可以这么说吧。不过家父教我们的那些，准确来说不能称为搜查技巧。在我们兄妹小的时候，家父会将侦破案件前的经过讲给我们听，然后问我们：'你们怎么看？'等我们绞尽脑汁回答完，他再向我们公布真相。"

那时，哥哥经常能够说中真相。或许也是因为他年长我两岁的关系，但我还是得不甘心地承认，哥哥梳理事件、整合事件的能力明显比我出色。另外，他编排事件陈述的顺序、最大限度地增强说服力的能力都比我强。哥哥能够进入帝大，或许是得益于这些能力吧。不过，我觉得这些能力也能够有效地用于诈骗……

汽车不知何时已经行驶在湖畔。左手边是一片广阔无垠的水域，甚至可能让人误以为是大海。那是琵琶湖。前方有片仿佛伸进湖中的宅地，徐徐映入我的眼帘。那片宅地的周围种了一圈松树。越过松树，可以看到一座红砖洋馆[①]。

不会吧，那里就是占部家？占部家似乎是一个超出我想象的大户人家。

---

① 从明治维新前到昭和前期建造的模仿西方文艺复兴和新文艺复兴风格，又融入一些东方风格的洋楼。

第二曲

湖岸之馆

1

　　穿过正门，只见宅地上铺着碎石，到处都栽种着黄杨。前方三十米左右的地方矗立着一座洋馆。随着汽车缓缓前行，洋馆在视野中越来越大。左右两侧犹如大鹏展翅的外观、旧式的红砖墙、高大的提拉窗，简直像是一栋矗立在英国田园中的房屋，这样的豪宅我只在电影或照片中见过。它那威严气派的模样，令我和哥哥都失去了语言表达的能力。

　　安藤将我们三人在玄关的门廊处放下，去后备厢取出行李，递给我和哥哥。随后他又返回驾驶席，掉转车头，从正门开了出去。估计是去公司接占部文彦了吧。

　　石阶尽头的玄关门是宽阔厚重的橡木门。一进门就是脱鞋区。洋馆内部的风格似乎是日西合璧。

　　"夫人，您回来了。"

　　一个国字脸、高个子的女佣候在一旁。她拿出拖鞋给我们换上，将我们的鞋子放入鞋柜。

　　我好奇地东张西望。这里是一个高大宽敞的门厅，往里去

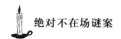

有一座通往二楼的宽阔楼梯，营造出一种电影的女主角马上就要缓步而下的氛围感。

"贵府可真气派啊……"

我被震撼得喃喃自语。连哥哥都一脸震惊的表情，沉默地环视四周。

"听说这栋房子是我已故丈夫的祖父在明治三十年①建造的。"

"夫人，那男的又来了。"

国字脸女佣大概想对贵和子夫人悄悄地说，但是实际上声音超大，连我们都听得清清楚楚。

"'那男的'是指立花吗？"

"是的。我跟他说文彦少爷还没回来，他却说：'既然如此，那我去你们文彦少爷的房间里等。'真没见过这么不要脸的人！"

"真是没辙了，就随他去吧。"

看来这个叫作立花的男人在占部家不受欢迎。提到他的名字时，女佣一脸嫌弃，就连贵和子夫人也面露难色。

我和哥哥跟在贵和子夫人身后，走进门厅左手边的房间。

---

① 即 1897 年。

这里好像是客厅，面积大概有十二叠①，地板上铺着长绒地毯，玻璃茶几的两侧摆放着舒适的沙发。

墙边有一座陈列架，上面摆放着几件黑漆描金的工艺品。那是什么？我好奇地走近陈列架，发现是十三弦筝②。加工得略有翘度的木制筝身上涂有黑漆，上面绘有描金的鹤纹。

"好漂亮的筝啊。比起乐器，更像是工艺品呢。"我不禁赞叹道。

"占部制丝也在制造十三弦筝的筝弦。筝弦必须具备可以承受长时间激烈演奏的强度，曾有工匠师傅夸奖占部制丝的筝弦不光强度合格，声音也动听。这把筝就是一位工匠师傅送的。"

"贵和子夫人会弹筝吗？"

"嗯，会弹生田流③。为了陶冶情操，我也在教工厂的女工们弹筝。"

"是吗？"

"如果每天只在工厂重复单调的劳动，心灵会枯竭。我觉得

---

① "叠"为榻榻米的计量单位，日本和式房子的大小一般以榻榻米的张数计算，十二叠即为十二张榻榻米大小。

② 8世纪初，中国唐代十三弦筝传入日本，演变成日本传统乐器，又叫日本筝。

③ 在十三弦筝乐中，有"生田流"和"山田流"两大流派。山田流以筝歌为主，筝是歌者手中的一个伴奏乐器，而生田流以乐器演奏为主。

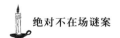

心灵需要滋润，于是就征集有意向参与的人员，在休息日给她们上课。奈绪子小姐会什么乐器吗？"

"不巧，我什么都不会……"

"这丫头擅长的只有运动哦。像是跑步、舞刀弄枪之类的，她都非常擅长，但就是没有任何艺术方面的爱好。"哥哥这般说道。

我怒上心头，但是鉴于他说的都是事实，我无法反驳。

门开了，国字脸女佣推着小推车走了进来。小推车上摆放着红茶的茶壶、茶杯以及盛有曲奇饼干的盘子。贵和子夫人将它们摆到玻璃茶几上。

"二位请到沙发上坐，品尝一下吧。你们从东京远道而来，一定非常累吧？"

她说着，将红茶从茶壶倒进杯子里，茶香袭来。我已经好多年没闻到过红茶的香气了。我和哥哥犹豫着走到玻璃茶几旁，坐到沙发上，草草地寒暄了两句，就迫不及待地喝起红茶来。好好喝！我又尝了一口曲奇饼干……是用了超多黄油和砂糖的味道，好吃到我快要融化了。这令我想起战前父亲带我和哥哥去银座的咖啡馆吃过的茶点套餐。据说这是占部家的厨师做的。明明才在"小姐"咖啡馆吃过松饼、喝过咖啡，但此刻好像无论再多我都能吃得下。

品尝过红茶和曲奇饼干后，哥哥对贵和子夫人道："不好意思，能让我们仔细参观一下贵宅以及宅地吗？这是保护文彦先生的必要工作。"

"可以啊。我带你们参观吧。"

我们把行李放在客厅，跟贵和子夫人出来，回到走廊上。走廊的长度足足有二十多米。

"这栋房子沿湖岸修建，南北走向。东侧是正面，西侧，也就是面朝琵琶湖的那侧是背面。从正面的玄关进来以后，是门厅以及通往二楼的楼梯。门厅的左右两头，也就是南边和北边，各有一条走廊。南边的走廊通往客厅，客厅再往南是沙龙厅，是家里人休闲娱乐的房间。"

贵和子夫人说着，指了指客厅门南侧的那扇门。

"沙龙厅的南侧是餐厅和厨房，房子的最南端就是那里。"

贵和子夫人又指了指走廊尽头的那扇门。门后估计就是餐厅和厨房吧。

"另外，这里是日光房。"

贵和子夫人指了指走廊西侧的一扇门，打开它走了进去。我和哥哥紧随其后。

这是一个足有三十叠的房间，与走廊不在同一侧的墙上有几扇巨大的落地窗。我记得这种窗户应该叫法式窗。屋内放着

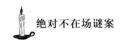

两张桌子，各自配有三把安乐椅。

透过法式窗往外眺望，看到眼前的风景，我不由得屏住了呼吸。屋后的庭院一览无遗。宽敞的庭院里建有假山，地上到处都摆放着岩石和灯笼。还有一个很大的池塘，旁边有座小屋。池塘越来越细，向西侧延伸过去，尽头有一座水闸。闸门此时是关闭的。

"开启水闸以后，这里可以通往琵琶湖吗？"哥哥问道。

"可以哦。池塘边的小屋里有一条小船。春夏时节，我们经常划着船，从池塘到琵琶湖中游玩。"

这也太令人羡慕了。

后院的最西端，水闸以外与琵琶湖交界的区域种着松树，透过树丛可以看到湖水。湖面上碧波涟涟。遥远的对岸有一座岛，右手边可见重重山峦，简直像是一幅画卷。

湖心排列着数十根细木桩一样的东西。我问了一下那是什么，贵和子夫人告诉我："那是名叫'鱼笼'的定置渔网。从湖岸朝向湖心，把竹网摆放成箭头的形状，将那些游向湖岸的鱼诱导进名为'穴'的部分进行捕捞。听说这是延续了数百年的捕鱼方法。"

"远方的那座岛和那些山分别是什么地方？"

"那座岛是竹生岛，那些山是菅浦半岛。"

"我听说过竹生岛。"哥哥说道，"是琵琶湖八景之一。"

"您知道得挺多的嘛。那里不光风景秀美，还有都久夫须麻神社和宝严寺，自古以来就是人们信仰的对象——我再带你们参观一下房子北侧吧。"

我们又跟着贵和子夫人离开房间，往门厅的方向走去。穿过宽敞的门厅，到达北侧的走廊。

"这里是图书室。"

贵和子夫人说着，打开走廊右侧的门走了进去。

好像有寻常小学的图书馆那么大。除了东墙开窗、西墙开门的部分，所有墙面都被书架占据，上面密密麻麻地摆满了书籍。

"太壮观了……"哥哥感叹道，"这里大约有多少本书？"

"好像有三万本。是我已故丈夫的祖父、父亲和他本人三代人的收藏。"

爱书如命的哥哥立刻走到书架旁，痴痴地看了起来。我也走到书架旁。与制丝业相关的书、与经营相关的书自然不少，幸田露伴、夏目漱石、森鸥外、志贺直哉、芥川龙之介等人的文学著作也一应俱全。

"接下来，我们去文彦的房间吧。"

走廊尽头的那个房间就是文彦的，位于图书室的隔壁，也

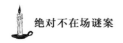

就是房子的最北端。

"文彦的房间一进去就是书房，东侧是卧室。文彦还没有回来，我们就不进去了。占部家的其他人都住二楼，只有户主住一楼的这个房间。我丈夫的祖父、父亲和他本人都是如此。因为我丈夫去世以后，有文彦和武彦两位继承人，这间房就闲置了，不过去年12月武彦离开双龙镇之后，文彦就搬了进来。"

"关于今晚的警卫形式，我想在文彦先生房间门口放一把椅子，由我和我妹妹轮流警戒。"

"好的。稍后我会在走廊里准备椅子和暖炉。"

"请问用人都住在哪里？"

"沿着门厅的楼梯上二楼，在楼梯口右转，可以看到一扇门。从那扇门进去以后，有一条延伸到房屋北侧的狭长走廊，走廊西侧有五间并排的用人房。"

我尝试着在脑海中绘制平面图。那条狭长的走廊笔直地向北延伸，正好位于我们所站的走廊上方的西侧。估计它的设计理念是将用人房尽量安排在客人的视线范围之外吧。我的心里有些不是滋味，估计因为我是平民吧。

"我再带你们去二楼看看吧。为你们安排的房间也在二楼，所以能麻烦你们把行李一起带上吗？"

我和哥哥取来之前放在客厅里的行李，跟着贵和子夫人上了二楼。

二楼的走廊和一楼一样，也是南北走向。走廊东侧，即房屋正面那侧有几扇并排的门。

"二楼是除占部家家主以外的人员的房间和客房。二位的房间是这间。"

贵和子夫人示意了一下距离楼梯最近的靠南的那扇门。

"文彦先生和武彦先生以前在二楼也有房间吧？"

"是的。距离楼梯最近的靠北的那间是文彦的房间，再往北那间是武彦的房间。现在都是空房间。"

空房间啊。一想到东京的住宅紧缺情况，我就羡慕不已。

"恕我冒昧，请问夫人住在哪间？"哥哥问道。

"二楼最北端那间。"

贵和子夫人指了指走廊北侧尽头的那扇门。

我们走进自己的房间。大约有八叠大小，地板上铺着绒毯。有两张床、一张圆桌和两把椅子。圆桌上放着一个插有百合花的花瓶。窗外可以看到房屋正面的宅地，越过绕着宅地栽种的松树，可以看到耕田和镇上的人家。更远处是连绵起伏的雄伟山峦。我们可以住在这样的地方吗？我一时忘记了工作，忍不住想要发出欢呼声。

2

我和哥哥返回客厅后，又跟贵和子夫人聊了一会儿天。5点30分左右，我从窗户看见安藤驾驶的漆黑的戴姆勒从正门开进了宅地。后座坐着一个西装革履的男人。

"啊，文彦回来了。"

贵和子夫人看向窗外。

戴姆勒停在了门廊处。安藤从驾驶席下来，拉开后车门。占部文彦不疾不徐地下了车。他身高约莫一米六五，穿着一身做工精良的深棕色西装，右手提着公文包；单眼皮，塌鼻梁，下巴尖削，头发往后梳，是个相当英俊的男人。当然了，跟刚刚贵和子夫人给我们看的报道刊登出的整形手术前的武彦一模一样。

占部文彦迈着自信从容的步伐走向玄关。安藤目送他离开后，回到驾驶席，将戴姆勒往宅地的边缘开去。前面有一间车库。

大概过了二十分钟，客厅的门开了。

"文彦，客人等候多时了哦。"贵和子夫人对侄子道。

"久等了，我是占部文彦。"

他的声音低沉动听，身上换了一件白色高领毛衣和浅驼色的棉质长裤。

"我是川宫圭介。"哥哥说道，"这位是我妹妹奈绪子。请多多指教。"

"二位从东京远道而来，辛苦了。去餐厅聊吧？"

我们离开客厅，往走廊南侧走去。

"立花好像来了，他找你有什么事吗？"

贵和子夫人询问侄子。

"还能有什么事，跟平时一样，找我借钱呗。我告诉他家里来了重要的客人，把他赶走了。"

"文彦，我也不想多管闲事，但是你最好还是不要再跟立花来往了吧。他这个人名声不太好……"

"伯母也挺爱操心的呢。别看立花那样，其实是个挺不错的男人哦。而且我以前应该也说过，他在战场上对我有过救命之恩。"

贵和子夫人打开位于走廊尽头的餐厅门。我们随贵和子夫人走进去。刚刚来玄关迎接贵和子夫人的国字脸女佣——好像叫三泽纯子——正在给餐桌罩白色的桌布。贵和子夫人吩咐女

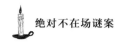

佣："纯子，晚餐我要在自己房间吃，你帮我送过去吧。还有，把客人的晚餐送到餐厅以后，不需要服侍，直接退下就好。文彦和客人在餐厅有些私事要聊。"

"好的。"三泽纯子行了一礼，打开餐厅西侧的门，消失了。那里好像是厨房。

"伯母也在这里吃吧。"

"不了。事关你弟弟，还是你这个当哥哥的单独聊比较好。有些话我也不方便听。那么，川宫先生、奈绪子小姐，你们慢慢聊。"

贵和子夫人对我们微微一笑，离开餐厅，去了走廊。

我环顾餐厅，大约有二十叠，中央摆放着一张结实厚重的餐桌。房间的一角放着一台留声机。正对门的墙和进门左手边的墙上各有一扇大窗户。估计可以将宅地一览无余吧，不过现在窗帘拉上了。

厨房门开了，三泽纯子推着小推车进了餐厅。小推车上摆满了碗碟，我不由得咽了下口水。白米饭、各种各样的生鱼片、盐烤西太公鱼、蛤蜊味噌汤、马铃薯沙拉、凉拌菠菜、桃罐头甜点。这么丰盛，我都开始怀疑粮食紧缺究竟是哪个国家的事了。纯子将饭菜摆到餐桌上，行了一礼后，离开了餐厅。

"吃吧，不要客气。"

主人说完，就用右手握住筷子伸向生鱼片，动作优雅地吃了起来。我和哥哥也拿起筷子。我先吃了一口白米饭，险些感动得泪洒当场。毕竟东京的"配给米"[①]一天只有二合五勺[②]，而且实际配给的更多是小麦、大豆、白薯、南瓜、玉米粉等，延迟配给或中断配给也都是家常便饭。黑市的米也越来越贵了。我们已经有好几年没机会吃白米饭吃到饱了。

"听说9月的凯瑟琳台风横扫了东京和关东一带，你们没受到影响吧？"

"我们住的品川区只是雨下得比较大。不过，葛饰区和江户川区好像完全泡在了水里，灾情相当严峻。受灾最严重的当数埼玉、茨城、栃木和群马了吧。"

"是吗……我直到去年1月也住在东京，所以一直很挂念受灾情况。"

"您之前住在东京吗？因为工作关系？"

"我就是在东京出生长大的哦。直到去年1月才搬到双龙镇。"

---

① 日本太平洋战争期间，绝大多数生活物资实行配给制，随着战后经济的复兴才逐渐废除。

② "合"与"勺"为日本旧时度量"米"或"酒"的单位，1合约0.18升，1勺约0.018升。

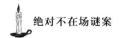

"哦?"

听到他这么说,我才意识到他好像确实是东京口音。

"双龙镇自然风光优美,食物也丰富,是个好地方,美中不足的是没有电影院。在东京的时候我经常去看电影,但是搬到这个小镇以后,想看电影就必须去长滨。当然了,到那里顶多一个小时,但是火车车次太少了,动不动就让司机送也挺麻烦的,所以就不能像在东京的时候那样,下班后顺路去电影院了。我因此连希区柯克的《断崖》和约翰·福特的《侠骨柔情》都错过了。报纸上对这两部电影的评价不是挺高的吗?你们看了吗?"

"看了《侠骨柔情》。"

"太羡慕了。我最近正考虑在双龙镇也建一座电影院呢。"

"听说占部制丝经常给镇上提供捐助?"

"我们公司雇用了很多双龙镇的居民。提高居民的生活品质,也有助于提升我们产品的品质嘛。"

"您说您是去年1月才搬到双龙镇的,之前您没有在占部制丝工作吗?"

"是啊。之前我被征兵了,入伍前在东京的商业公司工作。说实话,我也是最近两年,也就是前年11月才知道占部制丝的存在。说来也算自曝家丑了,家父年轻时带着家母离开了这个镇子，听说家父和伯父之间的关系挺恶劣的。"

"那可真让人惋惜啊。"

"自从我和弟弟懂事以来，家父龙司就在东京的本所区经营民宿。因为我和弟弟是同卵双胞胎，所以时常被人用奇怪的眼神打量，不过除此以外，我们的童年时光非常平凡。虽然是同卵双胞胎，但是我们的性格并不一样。硬要说的话，我这个人比较外向，喜欢带附近的孩子一起玩儿，我弟弟却喜欢独来独往，总是一个人看书、画画。周围的人经常纳闷地问我们：'你们明明是同卵双胞胎，为什么性格差别这么大？'我们是从同一所商业学校毕业的，毕业后我去了筑地的商业公司，我弟弟则去了当时非常景气的大公司。"

昭和二十年①2月，一纸征召令送到了两兄弟面前，二人被陆军征召派往不同的地区。

3月10日破晓前，美军航空队出动B-29轰炸机袭击了东京，空袭区域主要是工业区和商业区，那里下起了燃烧弹雨。众多的死亡人员也包括文彦和武彦的父母、熟人及朋友。

当然，这时的文彦绝无可能知晓此事。本土的战损情况是军事机密，绝对不会通知国外的普通士兵们。

---

① 即1945年。

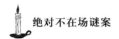

8月14日，日本决定接受《波茨坦公告》。次日，天皇通过广播宣布接受公告，战争结束了。文彦的部队被解除武装，收入美军的战俘营。幸运的是，那年的11月初，文彦被遣送回日本。

命运的转折点，出现在文彦乘坐的复员船只抵达博多时。

迫切想要获得本土信息的复员士兵们争先恐后地阅读报纸，文彦也不例外，他贪婪地阅读了博多的复员机构准备的报纸合订本。直到那时，他才知道本所区在3月10日的空袭中遭受了巨大的灾难。坐立难安的文彦恨不得马上飞回家乡，就在这时，他在报纸上的寻人启事栏目中看到一则投稿：

　　东京本所区出生的同卵双胞胎兄弟占部文彦与武彦，请与我联络。父亲是龙司，母亲是绢江。滋贺县双龙镇，占部龙一郎。

看完以后，文彦非常吃惊。这不是他和弟弟吗？出生地、双胞胎、父母的名字，全都对得上。可是这个名为占部龙一郎的陌生男人为什么要找自己和弟弟呢？难道跟他们都姓占部有什么关系？占部是一个很罕见的姓。难道他们是亲戚？可是父母从来没说过他们在滋贺县有亲戚……文彦满脑子疑问，在11

月中旬返回东京的路上，决定去一趟位于湖北的双龙镇。

"我向双龙镇的站务员打听占部龙一郎家的地址时，站务员死死地盯着我，问我是什么人。我一提到报纸上的寻人启事，站务员就立刻瞪大眼睛，慌里慌张地给谁拨了个电话。没多久，就有辆豪车停到了站前广场，一个神色兴奋的老人在司机的陪同下出现了。老人一看到我的脸就愣住了，回过神来以后，立刻大呼：'跟龙司太像了！'然后就冲过来抱住了我。我呆呆地站在那里，连反抗都忘了。那个人就是我的伯父龙一郎。"

龙一郎过了会儿才恢复冷静，开始解释情况。

据他所言，占部家是延续自战国时代的名门，直到幕府末期都是庄头①。明治十年②占部家成立了公司组织，开始建工厂，生产生丝，积累了巨额财富。

大正六年③，龙司和哥哥龙一郎大吵一架，携妻子离家出走了。虽说龙司原本就跟哥哥不和，但他们的冲突主要是围绕占部制丝的经营方针展开的。

当时龙司的妻子绢江已经有孕在身。六个月后，占部家收到一封信，信上说绢江在东京生下了一对双胞胎，取名文彦和

_____

① 即村长。

② 即 1877 年。

③ 即 1917 年。

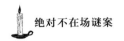

武彦；还说弟弟和弟媳在本所区经营了一家民宿。可是龙一郎并没有去见他们，而且从此以后再也没有跟弟弟联系过。

昭和二十年3月末，龙一郎因病卧床。他派了使者去东京，请对方把弟弟的儿子们——也就是他的侄子们——叫回来。可是使者到达东京以后，却得知龙司经营的民宿在3月10日的空袭中被烧毁了，家人全部死亡。最重要的是，侄子们也都下落不明。听说此事之后，龙一郎万念俱灰，后悔没有早日与弟弟联系。战争结束后，他利用报纸上的寻人启事栏目，不停地寻找文彦和武彦的下落。这一努力终于有了回报。

"伯父龙一郎最满意的就是我和弟弟是双胞胎。因为占部家有双胞胎的基因，以前就经常生下双胞胎，而且都是现在所说的同卵双胞胎。据说战国时代，就是一对双胞胎兄弟稳固了占部家的诸侯地位，明治十年，同样是一对双胞胎兄弟成立了占部制丝。江户时代好像也有几代生下过双胞胎兄弟。而且，占部家在这样的时代总会格外兴旺。伯父自卧病在床以来，一直担心占部家会后继无人。他非常不甘心，无论如何都想让占部家重拾昔日的风光。似乎对于伯父而言，找到双胞胎继承人就是复兴占部家的关键。"

文彦答应伯父会带弟弟一起回占部家，然而在昭和二十年11月下旬他独自一人回到了东京。东京已化为一片焦土，变成

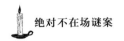

了一座遍地是黑市、随处可见驻军士兵的陌生城市。本所区的老家在3月10日的空袭中被摧毁，家人都死光了。不仅是家人，其他熟人和朋友也都不在了。文彦僵立在老家的废墟前，心里万分悲痛。

弟弟武彦依旧杳无音信。文彦不知道该何去何从，后来他在老家的废墟上建了一座板房，期待着弟弟归来。

那一年年底，武彦终于回来了。看到废墟后，武彦陷入了茫然。文彦对他说了占部家的事，武彦同意成为伯父的养子，亲朋好友都不在了，他对东京已经没有任何留恋。第二年1月28日，二人搬到了双龙镇。

"我还清楚地记得和我弟弟来到这个小镇那天的事呢。那天虽然很冷，有积雪，但是万里无云，是个大晴天。伯父看起来开心极了。"

龙一郎下令，让占部制丝的员工在双龙站前的广场上列队欢迎他们。文彦和武彦一下火车，龙一郎就紧紧地抱住这对双胞胎。他双臂揽住这对几乎一模一样的兄弟，流下了开心的泪水，喃喃地重复道："你们哪儿都不要再去了，我今后就指望你们了。"在迎接他们的队伍的贺喜声中，文彦和武彦坐进车里，被带到了占部家。随后，占部家又邀请镇上有头有脸的人物，在这栋房子里大摆了一场宴席。

"我和弟弟各自分到了一间房,从此开始在这栋房子里生活。伯父经常带我和弟弟逛镇子、去工厂,还在制丝业和公司经营方面严格教导我们。不知道是不是因为有了继承人,从此没有了牵挂,8 月份伯父就因为蛛网膜下腔出血去世了,享年六十七岁。占部家的家主之位就由我和弟弟继承了,至于在占部制丝的职位方面,则由我担任社长,武彦担任专务。

"我和弟弟本来应该努力振兴占部家,可惜事与愿违。一年前的今天,正在和我弟弟交往的女工自杀了。好像是因为之前有人在这个镇上散发针对她的诽谤信。我弟弟痛不欲生,几天后突然说出一句惊掉我下巴的话:'用诽谤信将她逼到自杀的人是哥哥。'"

"他为什么会说出这句话?"

"他说因为我也喜欢那名女工,嫉妒他。简直太荒谬了,吓得我嘴都合不上了。如今这个时代,我不想说什么门当户对之类的话,但是社长怎么能和工人恋爱结婚呢?我才不可能把工人视为择偶对象呢!可是无论我怎么否认,我弟弟都听不进去。"

"您真的没有送过诽谤信吧?"

"当然啦,我才没那个闲工夫呢。"

可是,我从他的这句否定中隐约感到一丝刻意与心虚。这个男人搞不好真的送了诽谤信……

"我和我弟弟的关系越来越恶劣。后来，也就是12月1日，武彦在吃早餐时突然宣布要离开这个家。虽然伯母拼命地挽留他，但是他去意已决。"

"您没有挽留他吗？"哥哥问道。

"没有，因为当时我和弟弟的关系已经无法修复了，他连目的地都没有告诉我们，只带着一个装有三十万新币[①]的手提箱就走了。"

三十万可是一笔巨款，都够买一套房子了。

"后来您弟弟联络过您吗？"

"完全没有，所以伯母才一直特别担心我弟弟。我也不是不关心他的行踪，只是我要经营占部制丝，忙得不可开交，实在是无暇他顾。直到看到那篇报道，我才知道我弟弟的行踪和所作所为。没想到他居然通过整形手术换了张脸，还杀了医生灭口……"

"贵和子夫人觉得，武彦先生如今伪装成别人住在镇上，打算加害您，您也是这么想的吗？"

---

① 即日本昭和二十一年（1946年）2月发行的新日本银行币。为了应对第二次世界大战结束后的通货膨胀，日本发布金融紧急措施法，停用过去通行的日本银行币中的十元及以上币值的货币，随后发行新币。

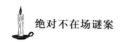

"虽说我不愿相信一起生活了将近三十年的弟弟会谋划这种事，但是从目前的情况来看，这样判断应该比较稳妥吧。"

"听说您不打算报警？"

"是的。如果报警，就好像确定了我弟弟是凶手一样。也许我的内心深处还是相信我弟弟的吧。"

"您不打算请占部制丝的员工或工人保护您吗？"

"我不想让员工或工人知道经营者的家务事，毕竟有可能会削弱他们的劳动积极性嘛。况且占部制丝内部也并不是一条心。虽然我和经营者有血缘关系，但是我之前连半步都没有踏进过双龙镇。这样一个毛头小子一来就成了社长，公司里有相当一部分家伙都不服气。要是请员工或工人保护我的话，我都能想象到那些家伙会跑来大吵大闹，说我公私不分。我可不想授人以柄。后来，伯母就向我介绍了你们这对靠谱的私家侦探。"

"今晚我和我妹妹会轮流保护您。明天白天再去寻找有可能躲在这个镇子的武彦先生。相貌可以改变，身高和血型却改变不了。所以，能麻烦您先告诉我们武彦先生的身高和血型吗？"

"和我差不多，身高一米六六，血型是 AB 型。"

"您弟弟是去年 12 月 13 日杀害整形外科医生的，所以如果他来了这个镇子的话，应该是 14 日以后。必须查一下 12 月 14 日以后搬到这个镇子的人。能麻烦您让镇政府整理一份在这天以后搬到本地的人员名单吗？您弟弟可能会向政府提交其他人的迁入申请。如果是普通人肯定会被拒绝，但如果是一直为本镇慷慨捐赠的占部制丝社长您的请求，应该不会被拒绝吧。另外，还想请您让占部制丝的员工配合我们，一同搜集去年12月14日以后来到这个镇子的人的信息，任何细枝末节都可以。"

"我明白了。"

现在是一个很方便冒充别人的时代。由于空袭，很多市镇村的户籍簿和住民票①都化为灰烬。只要宣称自己是此类地方的人，即便身份造假，也很难败露。

3

6点30分，晚餐结束了。我和哥哥面前的碗碟都已经光可鉴人。我满足地发出一声叹息。这大概是我这几年吃过的最奢侈的晚餐了。

---

①　一种居住证明文件，表示自己现居何处，是居民的重要身份证明之一，可以根据居住地变化随时更改。

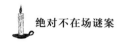

餐厅门开了，贵和子夫人走了进来。

"我7点要出门参加妇女会，你这边还有什么事吗？"

"没什么事了，伯母，我也准备休息了。总觉得身体有点不舒服。"

"你还好吗？"

贵和子夫人担心地望着侄子。

"嗯，还好，没大碍，睡一觉应该就好了。圭介先生、奈绪子小姐，不好意思，就麻烦你们在房间外面守夜了。"

"好的。"

"如果累了，请回客房休息。"

我和哥哥随委托人走出餐厅，来到走廊。

"文彦少爷，今天的饭菜还合您胃口吗？"

有个五十岁上下、身材微胖的女性走过来问道，她似乎是厨师。但是占部文彦没有回答她，只是傲慢地点了点头。

我们经过门厅，来到北侧走廊尽头。文彦正准备打开自己的房门，哥哥却制止了他。

"且慢。您弟弟也有可能埋伏在这个房间里等着您。我和我妹妹先进去。"

"那就麻烦你们了。灯的开关在进门右手边的墙上。"

我和哥哥走进去，打开灯。

这是一个约八叠大小的书房。有张桌子摆在左侧墙壁的窗户下。右侧的墙壁摆着一个书架，上面陈列着一排排经济类和法律类的书籍，完全没有文艺类和哲学类的书籍。这似乎昭示了占部文彦的性格。

对面的墙上有扇门，门后是个同样约八叠大小的房间，是卧室。卧室门正对的那面墙，被拉下的深蓝色天鹅绒窗帘遮住，帘后有两扇高大的上下提拉窗。房间右侧有张靠墙放置的床，床体上有一些新艺术派风格的设计。床边有张边桌，摆放着台灯。房间左角放着一个大衣帽箱。地板上铺着浅驼色的长毛绒毯。是一个与占部家家主的身份颇为相符的豪华房间。

哥哥往床底下看了看，没有发现任何人。也没有别的地方可供犯人藏身。衣帽箱的大小似乎足够藏进去一个成年人，但不巧的是它是锁着的，因此犯人不可能藏在里面。

我拉开窗帘，将其中一扇提拉窗提上去。外面是栽有黄杨和松树的开阔前庭。我凝神在黑暗中观察，没有发现可疑人影。哥哥冲走廊的方向喊了声"占部先生，没问题了"，将他请进房间。

"窗子上装着百叶窗什么的吗？"

"装了。"

"既然如此，就把百叶窗也关上吧。这样可以完全阻止凶手

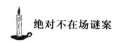

从窗户闯进来。"

哥哥关上了百叶窗。因为上面装有螺丝锁，于是一并锁上了。接着他又将提拉窗拉下来，同样上了锁。

"无论是谁来，都请您务必不要开窗。因为不知道您弟弟伪装成了什么人。"

"用不着提醒，我绝对不会开。"

"我和我妹妹会在门外轮流警戒。有事请喊我们，我们会立刻冲进去。那么，我们就先行告辞了。"

门被关上了，里面传来轻微的锁门声。

那是我们最后一次见到活着的他。

第三曲

家主之死

1

我和父亲背着装有现金存折、粮食存折①、食物、衣物等贵重物品的帆布包，戴着防空头巾，正在奔跑。

分明是晚上，却明亮如昼。附近家家户户都陷在烈火中，滚滚白烟从四面八方升起。人们正在仓皇地四处奔逃。有人拉着堆满行李的大板车，也有人倒在地上不再动弹。

耳畔回荡着下暴雨般的"哗哗"声，那是燃烧弹从天而降的声音。到处都火势汹汹。

——这边没路了！已经被火包围了！

有几个人这般喊叫着，从浓烟中冲了回来。我听到他们的话，也往反方向跑去。

只见空中有数十架银色的B-29轰炸机。燃烧弹从上面落下，火光接二连三地绽放开来。银色轰炸机被地面的火光染成

---

① 　"二战"时期，日本因为粮食不足，实行粮食配给制度，粮食存折就是日本政府发放的粮食配给账册。

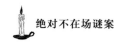

了赤红色。地上的高射炮瞄准轰炸机开炮，在空中划出一道道光痕。那片光景堪称绚丽。那是属于地狱的美景。

等我回过神来时，父亲的身影已经不见了。我们好像不小心走散了。

——爸爸！

我停下脚步大声呼唤，却听不见父亲的回应。

——爸爸！

这次依旧没有得到回应。我又呼唤了一声。

——爸爸！

"喂，快醒醒！"

我被人粗暴地摇醒了。

哥哥正俯身看着我，神色中透着一反常态的焦虑。有一瞬间，我忘记了自己身处何方。我环顾一圈，圆桌、桌上的花瓶、插在瓶中的百合花映入眼帘。后背传来床铺柔软的触感，我总算想起来，自己此刻在占部家二楼的客房中。

昨天晚上，我坐在占部文彦房间外的走廊椅子上，一直警戒到0点，后来就跟哥哥换班了。

我刚刚好像做梦了。梦见了前年5月24日晚上，品川区遭到B-29空袭时的事。

"现在几点了？"我皱眉问道。

"早上 8 点。"

"出什么事了?"

"文彦先生还没起床。我问过女佣,她说文彦先生总是 7 点起床,而且迄今为止从来没有睡过懒觉。必须到房间里面看看。奈绪子,你也一起过来。"

我立刻一跃而起。

"啊啊,我喊了很久,他都不出来。"

我的睡意立刻烟消云散,慌忙跟着哥哥下楼,前往占部文彦的房间。贵和子夫人和女佣三泽纯子正一脸担心地立在走廊上。

"占部先生,您起床了吗?"

哥哥敲了敲门,可是里面无人应答。哥哥再次边喊边敲,依旧无人应答。哥哥又拧了拧门把手,发现门是锁着的。

"有备用钥匙吗?"

听到哥哥询问,贵和子夫人回答道:"在沙龙厅。"随后,她又吩咐三泽纯子,"能帮忙拿过来吗?"对方在走廊上一路小跑,很快就拿着钥匙回来了。

"请你们留在走廊上。"

哥哥交代了贵和子夫人和三泽纯子一声,将钥匙插入门把手的锁眼里,拧了一下,门锁发出"咔嗒"一声响。

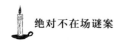

哥哥打开门走了进去，我也紧随其后。书房里空无一人。我们径直走上前去，打开了卧室的门。下一刻，我的心脏陡然揪紧。

占部文彦仰躺在床上，身上是白色高领毛衣和浅驼色棉质长裤，左胸插着一把刀，周围被染成了暗红色。无论是放有台灯的边桌，还是放在房间左角的大衣帽箱，都和昨晚别无二致，只有床上出现了异状。

我们没能保护好委托人——这样的念头刺入我的胸口，我的腿开始发抖。哥哥也抿住嘴角，僵立在原地。

背后传来一声轻呼。我回过头，看见站在门口的贵和子夫人双目圆瞪。

"请把夫人带到沙龙厅。"

哥哥对贵和子夫人身后的三泽纯子说道。她瑟瑟发抖地点了点头，揽住贵和子夫人离开了这里。

我心头骤然涌出一个疑问：凶手是从哪里闯进来的？昨晚我们一直在文彦先生房间前的走廊上警戒，0点前是我，0点后是哥哥。绝对没有人从门口闯进去。如此一来，就只剩下一种可能了。

我走到窗边，将深蓝色天鹅绒的窗帘拉到一边。和我想的一样，窗户和百叶窗被打开了。清晨的冷空气从敞开的窗户灌进来。

哥哥在窗户附近蹲下去，把脸凑近地板上的绒毯。我也意识到了哥哥在看什么。长绒地毯上黏附着一些褐色物质。

"是泥吧？"

"嗯，估计是院子里的土。凶手是从窗户闯进来的。"

"文彦先生究竟是什么时候被杀的呢……"

"衣服还是昨晚那一套，血迹也已经干了，据此推断，估计是昨天很晚的时候。"

说不定就是我在走廊上警戒的那段时间。可是，由于这间卧室和走廊还隔着一间书房，所以就算或多或少有些动静，也无法传入我的耳中。罪行就发生在仅仅相隔两扇门的房间里，我却什么也不知道，什么也做不了——我因悲愤而浑身发抖。

我从敞开的窗户探出身子，环视四周。窗户下方的地面坚硬干燥，没有留下凶手的脚印。天空蔚蓝晴朗，湖北晚秋的早晨空气寒凉，冻得人瑟瑟发抖。庭院中飘来黄杨和松树的幽香。真不像谋杀案发生后第二天的早晨啊——我暗自感慨，突然意识到一件关键的事。

"假设凶手是从窗户闯进来的，他又是怎么做到的呢？文彦先生可是一直在防着武彦啊。凶手又是用了什么方法，让文彦先生打开了窗户呢？"

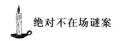

哥哥沉声回答："我只能想到一种可能——凶手是文彦先生信任的人。"

2

早上8点多发现文彦先生的尸体后，贵和子夫人到沙龙厅向双龙镇警署打电话报案，又通知了占部制丝。大约过了十五分钟，两辆警车开进了宅地。

带队的是个五十岁出头、面相憨厚的男人，他自称双龙镇警署刑事课的加山。看到他毕恭毕敬地向贵和子夫人鞠躬，我再次认识到占部家在这个镇上的地位有多高。

加山和下属一起去现场调查，但很快神色紧绷地回到沙龙厅，粗略地跟贵和子夫人、哥哥和我了解了一些情况，包括武彦做整形手术、杀害医生、寄恐吓信和剪报的事，以及昨晚文彦先生的行动轨迹，等等。

"如果您当时来双龙镇警署找我们商量一下，我们就能派刑警保护了嘛……"他在跟贵和子夫人说话间，看向我们，那眼神仿佛在说"而不是找这种没用的私家侦探"。

"文彦说，报警就跟变相承认了弟弟是杀人犯一样，所以他不想报警。"

"是吗……能让我看看武彦先生寄来的恐吓信和剪报吗？"

贵和子夫人回房间取来那封信，递给加山。加山用戴着手套的手接了过去。

就在这时，外面传来了汽车的刹车声。玄关的门铃响了，很快就有两个男人由三泽纯子带路冲进沙龙厅。一个是五十岁上下的胖墩墩的男人，一个是二十岁出头的年轻男人。

"夫人……听说文彦社长遭遇不幸……"胖男人走到贵和子夫人面前，声音哽咽地说道，"鄙人藤田现在就是夫人的左膀右臂，请您尽管使唤鄙人吧！"

贵和子夫人向他道了声谢。胖男人立刻又换上一副好像要扑上去抓人的样子，转向加山道："加山警官，请务必将加害文彦社长的凶手缉拿归案！"

"那是自然。"

"文彦社长为咱们镇捐了那么多款，为了报答他的恩情，也绝对要缉拿凶手！"

"我明白。"

这男的是谁啊？大概是看到我露出了这种表情吧，贵和子夫人向我们介绍胖男人和年轻男人："这二位是占部制丝的专务

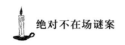

绝对不在场谜案

藤田修造先生，以及总务部的员工鹤岗一郎先生。"

随后，她又向二人介绍了我和哥哥，说我们是文彦先生雇的私家侦探。

"私家侦探？文彦社长雇的？究竟是为什么？"

藤田一脸怀疑地看着我们。贵和子夫人说了武彦寄来恐吓信和剪报的事。

"居然有这种事？文彦社长完全没来找我商量过……"

"我曾经提议从占部制丝的员工中挑选一些身强力壮的人担任保镖，但是文彦不同意。他说如果让下面的人看到了高层的纠纷，会起到不好的示范作用。"

"社长是这么说的吗……我应该早点发现并且采取必要措施的……"藤田声音颤抖，像是激动到了极点。

"所以，我们最后才会决定雇用可靠的外部人员当保镖。我从读女校时认识的朋友那里听说了川宫先生和川宫小姐的事，所以决定委托他们二位。"

"可靠的人？就是这两个人吗？"

藤田皱着眉头看向我和哥哥。

"别看二位年纪轻轻，却受曾为刑警的父亲教导，也有过破案经验。"

"哦？"藤田一脸怀疑，"不过事已至此，最好的解决办法还是交给警方调查吧。加山警官，请做好万全准备侦破此案！"

"是。考虑到本案的重要性，我觉得上面应该会派滋贺县警察部的刑警过来。"随后，加山转向我和哥哥，问道，"你们住在这栋房子里吗？"

"是的。"

"那就请你们在滋贺县警察部的刑警到来之前，待在自己的房间里。"

"请让我们也参与调查。"我这样说道。

加山却摇了摇头："别说蠢话！让不专业的人参与调查，成何体统？"

就这样，我和哥哥被赶进了二楼的房间。我往走廊中偷看了好几次，发现楼梯口附近有一名刑警在站岗，我每次开门，他都会恶狠狠地瞪着我。我们就这样被扣押了好几个小时，就在快要无聊得受不了时，我看见一辆警车从正门开了进来。好像是滋贺县警察部的人到了。

3

下午2点多，莲见一行乘坐的汽车抵达了双龙镇。接到双龙镇警署的谋杀案通报，上午9点不到，他们便离开了大津的滋贺县警察部的办公厅。途经草津、守山、近江八幡、安土、米原、长滨以后，终于到达了目的地。

车子暂时停在了双龙站前方的广场上，这里汇聚了双龙镇警署、镇政府、邮局、文化馆、医院和各种各样的商店。到双龙镇警署报到的时候，听说刑事课的刑警全都去了现场。对方派了个巡查①带他们前往现场。

车子在巡查的指点下往前开。没过多久，就看见了波光粼粼的琵琶湖。在琵琶湖前方左转，沿湖岸继续向北行驶，前方渐渐出现了一片被松树包围、仿佛延伸至琵琶湖中的广阔宅地。松树后矗立着一栋二层的红砖洋馆。距离更近些，便看见了位

---

① 日本警衔由上往下分别为：警视总监、警视监、警视长、警视正、警视、警部、警部补、巡查部长、巡查长、巡查。巡查为最低等级。

于宅地右边、背朝湖那侧的正门。有个年近三十岁、蒜头鼻的制服刑警^①正在正门前站岗。莲见让开车的池野刑警停车，降下车窗道："我们是滋贺县警察部的刑警。"

制服刑警立刻敬了个礼道："辛苦了，下官正在这里恭候各位。"

"车子可以停到里面吧？"

"可以，下官带路。"

"不，用不着带路。你继续站岗吧。"

在莲见的命令下，车子开进了宅地。里面铺有碎石子，到处都种着树。宅地内已经停了两辆车，估计是双龙镇警署的车吧。他让池野靠边停车。刑警们鱼贯下车，伸起了懒腰。一直坐车，身体都僵了。离开大津时刚刚洗过的车子，如今已经满是尘埃。

不知道是不是因为听到了汽车声，玄关的门开了，有个五十岁出头、面相憨厚的男人走了出来。

"我是双龙镇警署刑事课的加山。感谢诸位远道而来。"

"我是滋贺县警察部刑事课的莲见。请多多关照。"

不是所有发生在滋贺县内的谋杀案都会派县警察部的刑警

---

① 出警时穿制服的刑警，与之相对的是便衣刑警。

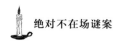

侦办。若是小案子，只会由当地的警署侦办。这次主要考虑到被害人是这么一家大公司的社长，案件的影响比较大，才会出动县警察部的刑警。

搜查组一行脱掉鞋子，进入屋内。眼前是一个巨大的门厅。有一座宽阔的楼梯通向二楼。

"真壮观啊……"

池野刑警环视四周，发出感慨。

莲见也有同感。他原本还轻蔑地想，死者说到底也只是个湖北的乡巴佬而已，但是此时此刻，他不得不修正自己的观念。

"诸位远道而来，辛苦了！请将杀害社长的凶手缉拿归案！"一个五十岁左右、胖墩墩的男人走了过来，这般说道。

"你是……"

"我是占部制丝的专务——藤田修造。"

"藤田先生一接到案件通知就赶了过来，一直忙着跟死者家属商议后事、接待访客、给公司打电话下达指示什么的。"加山在旁边解释道。

"你说的死者家属是谁？"

"是被害人的伯母。"

"被害人没有结婚吗？"

"没有，他是单身。"

“住在这栋房子里的都有哪些人？”

“有被害人的伯母、女佣、厨师、司机，共四位。”

“这四位如今都在何处？”

“文彦先生的遗体被发现后，他的伯母硬撑了一会儿，但是后来身体突然不适，就在女佣和厨师的陪同下回自己的房间休息了。司机说想去检修一下汽车，现在在车库。”

“稍后再问你。”莲见对藤田撂下这句话，让加山带自己去现场看看。

加山在门厅右转，行至走廊尽头的门前时，停下脚步道：“这里就是现场。”

他打开门走了进去。外间是书房，里间是一间极尽奢华的卧室。卧室进门右手边靠墙摆放着一张装饰繁复的床，有一具三十岁左右的男尸仰躺在上面。

男人身高约一米六五、单眼皮、塌鼻梁、尖下巴，颇有辨识度，大概能归入英俊的范畴吧。他身穿白色高领毛衣、浅驼色棉质长裤。有把刀深深地刺入他的左胸，周围的毛衣浸血后变成了暗红色。血已经干了，再结合皮肤的颜色判断，他应当是昨天晚上遇害的。

床边有张放着台灯的小桌子，房间左角放着一个大衣帽箱，都摆放得整整齐齐，看不见凶手和被害人搏斗的迹象。

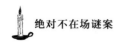

"这就是被害人占部文彦吗？听说他是公司社长，没想到这么年轻。才三十岁左右吧？"

"正好三十岁。"

"看姓氏他应该是靠血缘关系继承了占部制丝，不过年纪轻轻就当上社长，还是挺了不起的。"

"之前的家主和社长是文彦先生的伯父龙一郎先生，但去年8月，龙一郎先生因为蛛网膜下腔出血猝然离世，方才由文彦先生继任。"

看来这个案子可能跟公司内部的纠纷有关啊，莲见心想。公司内部肯定有很多老资格的人，其中难免有一些容不下他的人会暗暗不服："这个三十岁的小子竟敢压我一头，哪怕他是占部家的人也不行！"只要调查一下公司内部的情况，有杀人动机的人说不定就会浮出水面。

柔软的深蓝色窗帘正在随风摆动。窗户是开着的。

"发现尸体的时候，这扇窗户是开着的吗？"

"是的。"

莲见走到窗边，发现长绒地毯上黏附着一些褐色物质。他蹲下去，凑近观察，发现是土块。凶手是从窗户闯进来的。他从窗户向外眺望，发现前方是栽种着黄杨和松树的庭院。地面坚硬干燥，估计难以留下脚印。

莲见将鉴定课的人员喊到现场，让他们开始工作。摄像组的人开启闪光灯，拍摄尸体和室内的照片；指纹组的人撒下用来检测指纹的白色铝粉；法医本多蹲在尸体前验尸。

"发现尸体的人是谁？"莲见问加山。

"是伯母贵和子夫人、女佣以及被害人雇用的两名私家侦探。"

"私家侦探？为什么要雇用他们？"

"听说被害人是为了防止双胞胎弟弟占部武彦加害自己，并且想要寻找弟弟的行踪。"加山刑警详述了一遍武彦因女工小夜子自杀而与被害人决裂并出走的事情，"……据说被害人半个月前收到了武彦寄来的恐吓信。"

"恐吓信？"

"信上的内容是：'别忘了11月20日。你知道我为什么要换一张脸吗？我就在你身边。'11月20日就是昨天，也是一年前女工自杀的日子。去年12月，武彦好像在东京接受了整形手术，换了张脸，还杀害了帮他做手术的医生并潜逃了，信封里还附有提及此案的剪报。"

"换了张脸？"

"是的。"

有种侦探小说的味道，让人略微难以置信。

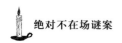

"武彦换了张脸后，隐姓埋名潜伏在被害人身边，试图加害他……据说伯母贵和子夫人有这种担心，所以雇用了东京的私家侦探。"

"东京的私家侦探？对那种人而言，这种乡下的土财主估计就是冤大头吧。被害人没有找你们商量过吗？"

"说的就是啊。为什么不来找我们商量一下呢……"加山遗憾地摇了摇头，并按照贵和子夫人的解释，交代了一下为什么受害者不愿意向警察和公司员工寻求保护。

"能让我看看寄来的恐吓信和剪报吗？"

加山命令身边的下属把那封信拿过来，从信封中抽出信纸和剪报。内容跟加山说的一样。

"指纹呢？"

"在信纸和剪报上留下清晰指纹的人，只有收到信的被害人和贵和子夫人。此外，信封下端还有几枚模糊的指纹，不过很可能是邮递员的，估计是分拣和配送时留下的吧。私家侦探也接触过信封、信纸和剪报，但是他说自己当时戴了手套，所以上面并未留下他的指纹。"

"也就是说上面没有武彦本人的指纹？"

"是的，并没有疑似的指纹。"

"武彦在这栋房子里一直住到去年12月吧？在其房间和个人

物品上，应该能找到武彦的指纹，你们做过比对吗？"

"武彦房间的指纹提取工作已经结束了。不过，武彦将自己的指纹从房间里彻底清除了。"

莲见很赞赏加山的搜查工作。虽说他是个乡下警察，但没想到还挺能干的。不过，"彻底清除了"究竟是什么意思？

"女佣说，武彦去年12月离开这栋房子前，曾经处理过个人物品，并且亲自对房间做了大扫除。"

"大扫除？"

"比如把家具卖给旧货店、书卖给旧书店之类的。后来他还花了一整天时间，亲自打扫了一遍房间，而且打扫得非常彻底。女佣提出帮他打扫，武彦却拒绝了，坚持要自己干。"

"你的意思是说，武彦为了避免将来整容后回到这个镇子时因为指纹暴露身份，提前把指纹都擦掉了？"

他原本觉得"武彦整容后潜伏在被害人身边"的说法荒谬绝伦，可是现在这种说法却越来越有真实感了。

"私家侦探现在在哪里？"

"被我关在二楼的房间里。"

"我去问话。"

4

莲见在加山的指引下上了二楼。敲过门后，里面传来年轻男人的声音："请进。"

两个看起来闲得发慌的人坐在房间里。男的二十二三岁，女的二十岁上下。

"你们就是私家侦探？"

莲见问完，女的点了点头："是的。"莲见觉得很意外，一听说是私家侦探，他的脑海中就浮现出老奸巨猾的中年男人形象，没想到是这样两个小年轻，而且其中一个还是女的。

"叫什么名字？"

"请问您的尊姓大名？在询问别人的名字之前，按理说应该先自报家门吧。"女的说道。

真是个傲慢的丫头。莲见瞪了她一眼，女的却毫不示弱地瞪了回去。莲见轻轻地咂了下舌，说道："我是滋贺县警察部的莲见，担任搜查的指挥。"

"您是警部吗？"

"是的，你怎么知道？"

"因为负责现场指挥的都是警部。"

莲见轻哼一声，估计她是在某部侦探小说中学到的知识吧。

"我是川宫奈绪子。"女的说道。她有一双令人印象深刻的大眼睛，留着短发。

"我是川宫圭介。"男的也报上姓名。他的面庞轮廓分明，肤色被晒得黝黑，看起来无忧无虑。

"你们姓氏相同，是夫妻还是兄妹？"

"兄妹。"

这么一说，他们的眉眼确实莫名相似。

"听说你们是被雇来担任占部文彦的保镖的，是吗？"

"是的。"

"你们这个保镖是怎么当的，被害人还不是被杀了？真够丢脸的。"

川宫奈绪子抿住嘴默不作声。

"你们是什么时候来到这里的？"

"昨天下午2点左右。"

"请交代一下从那时起到被害人的尸体被发现为止的事情经过。"

"文彦先生5点30分从公司回来。我们快6点的时候跟文彦

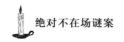

先生在餐厅吃了晚餐。6点30分左右吃完，文彦先生回了自己的卧室。我和我妹妹轮流坐在走廊的椅子上，开始在他的房间门口警戒。我妹妹负责凌晨0点前，之后换我值班。就这样，我们一直警戒到了早上。听说文彦先生总是早上7点起床，而且迄今为止从来没有睡过懒觉。但是快8点了他还没有起床，敲门也不应。我觉得很古怪，就用备用钥匙打开门锁，进去看了一下，结果文彦先生已经遇害了。"

"昨天晚上，卧室的窗户是关着的吧？"

"那当然。昨晚6点30分，文彦先生进房间的时候，我把窗户关闭并且锁上了。不仅是里面的窗户，还包括外面的百叶窗。"

"可是我刚刚查看的时候，发现窗户和百叶窗都开着哦，而且绒毯上还掉落了一些土块。凶手是从窗户闯进来的。上锁的窗户是不可能从外面打开的，能打开窗户的只有室内的人，也就是被害人。可是，既然被害人一直在防着自己的弟弟，为什么又要开窗呢？这岂不是很不合理吗？"

"我认为凶手是被害人信任的人。"

"估计是。可是，倘若如此又意味着什么呢？被害人这么信任的人范围有限，要么是住在这栋房子里的人，要么就是你们二位。"

"我们?"川宫奈绪子的大眼睛瞪向他。

"我们有什么理由必须杀掉文彦先生呢?"

"这就不得而知了。可如果是你们的话,被害人应该挺信任的,所以才会开窗吧。"

川宫奈绪子一副想要反驳的样子。莲见却不理会她,问加山:"贵和子夫人在自己的房间吧?能带我过去吗?"

*

女主人的房间在二楼走廊的北端。加山敲了敲门。

"哪位?"室内传来一个带着怒意的女声。

"我是双龙镇警署的加山。能稍微问几个问题吗?"

"夫人现在正在休息,请回吧。"

莲见代替加山跟门后的人打招呼:"我是县警察部刑事课的人。五分钟就好。有些事情想要请教一下。"

"恕我不能同意。"

"不好意思,我们进去了哦。"

莲见推门而入。

这是一间十二叠大小的西式房间,里面飘荡着一股清甜的香气,可能是香水的味道吧。有一个装着一面大镜子的梳妆台,

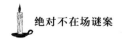

两侧分别摆放着一个桐木衣柜。

床上躺着一个四十岁左右的女人，应该是被害人的伯母占部贵和子。床边放着两把藤椅，分别坐着一个三十五岁左右的国字脸女佣和一个五十岁左右的微胖女人。

国字脸女人瞪了一眼莲见。

"居然擅自闯进女士的房间，太无礼了！"

刚刚隔着门说话的好像就是这个女人。

"发生了杀人案，必须争分夺秒地搜查。五分钟就好，我有几个问题想问。我是搜查的总指挥莲见。"

"请你出去！"

这时，躺在床上的占部贵和子摇摇晃晃地坐了起来。她的面庞丰腴，五官典雅。

"纯子，好啦。刑警先生，我没事。您有什么想问的，我一定知无不言。"她的嗓音清脆婉转。

"夫人，您可以吗？"国字脸的女人慌忙将手放在贵和子的背上。

"我没事，不必担心。"贵和子露出虚弱的微笑，看向莲见，"可以了，刑警先生，请随便问吧。"

"昨天，令侄大概是几点从公司回到这里的？"

"下午5点30分。"

"令侄一般是如何在这里和公司之间往返的？"

"家里有位叫作安藤的司机，他每天坐安藤开的车去公司上班。"

"昨天晚上，您都做了些什么？"

"你怎么能问夫人这种问题？"国字脸的女人吼道。

"纯子，没关系。"贵和子这般安抚了一句，像是在回忆一般闭上眼睛，说道，"傍晚6点到6点30分，我在自己的房间吃了晚餐，然后就换衣服去了镇上的妇女会，在那里从7点待到9点多。"

"妇女会？"

"是的。我们借用了小学的礼堂。镇上有大约二十位女士参加。"

"您最后见到令侄是什么时候？"

"6点30分左右。我在自己的房间用过晚餐后，去了一趟餐厅，对文彦说我7点要去妇女会，问他还有没有什么事。文彦说他没什么事了，就是身体有些不舒服，打算回房间休息。那是我最后一次见到文彦。"

莲见看向那个微胖女人。她模样憨厚，一看就很和善。

"你叫什么名字？"

"冈崎史惠。"

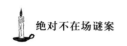

"你昨天晚上都做了哪些事？"

"下午4点到晚上9点，我一直在厨房准备晚餐，做餐后的打扫工作，提前为第二天的早餐做准备，等等。之后就一直待在自己的房间里。"冈崎史惠战战兢兢地回答。

"你最后一次见到被害人是什么时候？"

"6点30分多点。文彦少爷和二位客人从餐厅出来的时候，我偶然遇到了他们。我问文彦少爷饭菜合不合他的口味，但是文彦少爷一句话也没说，只是点了点头。那是我最后一次见到文彦少爷。"

莲见接着看向那个名叫纯子的国字脸女人。她的粗眉毛和大眼睛给人留下颇为强势的印象。

"你叫什么名字？"

"三泽纯子。"她用怄气般的口吻回答道。

"你昨天晚上都做了些什么？"

"5点到6点，我在厨房帮史惠打下手。6点前把菜送到餐厅以后，和史惠一起在厨房吃了晚餐。6点30分去餐厅收拾碗筷，8点之前都在做餐后的打扫工作。之后就一直待在自己的房间里。"

"你最后一次见到被害人是什么时候？"

"6点前将晚餐送到餐厅的时候。"

莲见点点头，又转向贵和子。

"听说令侄半个月前收到了他弟弟寄来的信，里面装有一张信纸和一份剪报。"

"咦？是的。"

"请讲一下当时的情况。"

"当时文彦对我说：'武彦那小子给我寄来了一个吓人的玩意儿。'然后就给我看了那封信和剪报。我险些吓晕过去。武彦居然通过整形手术换了张脸，还杀了医生。去年12月武彦离开这个镇子后，我一直很担心他，不知道他在哪里，过得怎么样，没想到居然发生了这种事……信封上的字是武彦的笔迹，所以意味着那份报道也是武彦自己寄的。武彦究竟在寻思些什么呢？我一想起这件事就觉得毛骨悚然。"

可是，文彦却不肯把恐吓的事告诉警方或者员工，最终决定雇用私家侦探。这跟从加山刑警那里听说的情况吻合。

"真是的，那两个私家侦探简直是废物！饭量是别人的两倍，却连文彦少爷都保护不好！"三泽纯子愤恨地说道。

"想要加害令侄的人，除了弟弟武彦外还有别人吗？"莲见问道。现阶段就断定凶手是武彦为时尚早。

"不知道……"贵和子歪着头思索。

三泽纯子却激动地说道："有一个人。"

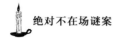

"谁？"

"一个叫立花守的男的。"

"纯子，无凭无据，怎么能随便说出别人的名字……"贵和子斥责了一句。

三泽纯子却摇头否定："不，那家伙很可疑。"

"你说的立花守是个什么样的男人？"

"那男的是文彦少爷的战友，是今年2月从大阪来的。他自称掮客，在镇上推销来路不明的黑货。这个人经常来家里玩儿，每次都仗着战友的身份敲诈文彦少爷。他说起话来总是含混不清的，真的让人很不舒服。对了，昨天下午5点左右，立花来找过文彦少爷。"

"他当时是什么样子？"

"穿着脏兮兮的外套，一副贪得无厌的嘴脸。我对他说文彦少爷还在公司，请他回去，他却说要去文彦少爷的房间里等，不经允许就进去了。我就没见过他那么不要脸的人。"

"立花是什么时候回去的？"

"我带立花到文彦少爷的房间以后，就再也没有见过他了。他应该是自己回去了。"

*

莲见和池野回到一楼的沙龙厅。

"贵和子夫人身体怎么样了？"藤田修造立刻走过来问道，他的那双小眼睛里闪烁着精明的光。

"在两名用人的照顾下，好像稍微有些精神了。对了，我有几个问题想问你。"

藤田一脸谄媚："问我？请问请问，我一定知无不言。"

"公司内部有没有对被害人怀恨在心的人？"

"没有哦。社长一直深受大家爱戴。"

"但是，在公司内部的老资格中，应该有挺多人都看不惯他吧？毕竟他这个刚满三十的年轻家伙突然冒出来，还骑到了他们头上。"

"占部制丝可没有那种心术不正的人。毕竟社长不光是占部家的一员，经营能力也出类拔萃。"

"听说你是专务？占部家的人只剩下贵和子夫人了。被害人一死，你不就能当社长了吗？"

"这……这可说不准！除我以外还有好几个候选人呢！"

"昨天晚上你在哪里？都做了些什么？"

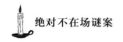

"您是想说我是凶手吗?"

"我可没这么说,只是搜查程序上的例行询问。"

"昨天下午5点多,目送社长从公司回家以后,不到6点我也回家了,之后就一直待在家里。我太太和我女儿都可以做证。"

"听说被害人有个叫武彦的弟弟,去年12月离开了镇子。"

"咦?是的。"

"据说被害人和武彦的关系挺恶劣的?"

"绝无此事。"

"劝你不要对警方做不必要的隐瞒。"

"他们二位的关系确实谈不上好……"

"被害人和武彦的关系为什么会那么恶劣?"

"应该是因为经营理念不合吧。"

"此话怎讲?"

"前任社长龙一郎先生教了他们很多经营占部制丝的知识,经常让他们去工厂参观,带他们去见客户。社长对经营表现出强烈的兴趣,但是武彦先生却不一样。"

"他对什么感兴趣?"

"他对在工厂劳动的工人们很感兴趣。"藤田口吻轻蔑地说道,"他经常去调查他们的劳动环境和生活环境。要是仅此而已也就罢了，他还帮助他们组建工会，支持他们罢工。"

"组建工会和支持罢工啊。"

"美国人听之任之，有部分家伙就蹬鼻子上脸了，一会儿让加薪，一会儿又让增加假期。武彦先生还为那伙人提供帮助。这不是占部家的人该干的事吧？所以，社长和武彦先生经常吵得很凶。"

"你听说过武彦整容并且准备杀害被害人的事吗？"

"整容？真的吗？社长完全没有跟我提过这件事啊……虽说社长和武彦先生的关系确实挺差的，但是武彦先生想要杀害社长又是从何说起啊？"

"听说去年秋天，占部制丝的一名女工自杀了。有人曾在镇上散发关于她的诽谤信。"

"是的……"藤田的脸上浮现出狼狈之色。

"武彦不是在和那名女工谈恋爱吗？"

"这您都知道了？"

"武彦一心认为送诽谤信的人是他哥哥，于是对他哥哥怀恨在心。"

"这么说来……武彦先生当时确实闹过，他说是社长把那姑娘逼自杀的。我还从社长办公室里听见过他激动地质问社长的声音。武彦先生说……说社长觊觎那姑娘，因为不能将她据为

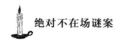

己有，心怀怨恨，所以就通过诽谤信报复她。"

"被害人真的送了诽谤信吗？"

"不可能，社长怎么可能做那种事？占部制丝的社长不可能对区区女工感兴趣。那只是武彦先生自己的臆测罢了。"

"或许吧，但是武彦好像因为这件事想让他哥哥偿命。你们社长没找你商量过吗？"

藤田遗憾地摇了摇头："没有，社长完全没找我商量过。我一直以为他很信任我呢，谁知他偏偏雇了那种可疑的私家侦探……"

*

最后，莲见决定去找司机安藤问话。

他和池野刑警一起来到宅地尽头的车库。

车库门是开着的，里面有个三十岁上下的男人正在修理那辆漆黑的戴姆勒。男人注意到莲见他们，转头看了过来。他是一个高鼻梁、双眼皮的美男子，哪怕在电影演员中都难得一见。

"你是安藤敏郎吧？"

莲见问道，男人点了点头。

"我们是滋贺县警察部的人，有些事情想问你。昨天傍晚，被害人从公司回到这里时，是你开的车吧？"

"是的。"

"当时被害人是什么状态？"

"和平时一样。听说他右手的食指在公司不小心戳伤了，所以就在中途去了一趟火车站前的绪方医院，耽搁了十五分钟左右。"

"最近被害人和什么人发生过争执吗？"

"我没印象。"

"他有没有和你提过公司内部的纠纷？"

"我只是个司机。社长没有跟我提过公司的事。"

"你认识被害人的弟弟武彦吗？"

"是去年12月离开这个镇子的那个弟弟吗？他的事我不太清楚。我是今年3月来这个镇子的。"

"被害人曾提起过他弟弟吗？"

"完全没有。"

"昨天晚上你都做了些什么？"

"5点30分将社长送到这里以后，检查了一下汽车，差不多6点到6点30分在车库吃了晚餐。因为夫人7点要去参加妇女会，所以我6点50分开车将夫人送到会场所在的小学，然后就把汽车停在教学楼外等候夫人。9点30分妇女会结束，我又开车

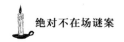

将夫人送回这里。"

安藤好像是个不苟言笑的男人,他回答问题的神情堪称冷淡。

莲见和池野回到现场后,鉴定工作已经结束了。

"指纹呢?在凶器上找到了吗?"

"上面完全没有留下指纹。"

"窗框上面呢?凶手既然是从窗户闯进来的,肯定触摸过窗框。"

"上面只留下了被害人的指纹。"

"这么说来,凶手估计戴着手套吧。现在这个季节,就算戴手套也不足为奇——对了,死亡时间能推断出来吗?"

莲见询问法医本多。

"不解剖就无法准确下结论,不过,大概是在昨晚7点30分到9点30分之间。"

莲见决定借用本镇医院的外科手术室,让本多进行解剖。莲见下达指示后,医院的员工立刻将占部文彦的尸体搬上担架,抬离了现场。莲见将下属们扫视一圈,说道:"好了。接下来轮到你们去打探消息了。要重点调查以下四点:第一,昨晚7点30分到9点30分之间,在这栋房子附近有没有出现过可疑人员或车辆;第二,这个镇上有没有人对被害人怀恨在心;第三,昨晚在双龙镇有没有出现过可疑人员；第四，这个镇上的旅馆昨晚有没有留宿可疑人员。完毕。"

5

莲见决定去找立花守问话。他找加山要立花的住址，加山本人却并不清楚，说是可以帮忙找一位清楚镇上所有人住址的巡查带路。

加山喊来的是那位一直在房屋正门前站岗的蒜头鼻制服刑警。据说他叫出川。

池野刑警将警车开出占部家以后，在出川的指挥下沿着湖岸路往南开。此时是下午4点多，左侧水田中的水已经被抽干了，田里零星地立着一些稻草人。湖岸旁时不时能看到一些渔民的房屋，后来连它们也不见了踪影，车子渐渐驶入一片荒无人烟的地带。不，有一户人家。那是一栋简陋的平房。汽车停到了平房门口。

"这里就是立花家。"

听到出川这样说，池野刑警踩下刹车。

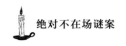

莲见一行下了车。出川敲了敲平房的门，但是无人应门。他又敲了一下，仍然无人应门。

"不会是跑了吧……"池野担心地说道。

"应该不会。估计是喝醉了，正在蒙头大睡吧……"出川笑着回答，又重重地敲了敲门。

"吵死了……马上就来开，别咣咣敲了！"

伴随着含混不清的声音，门终于开了，有个戴着眼镜、胡子拉碴的男人从里面探出头来。他下半张脸被胡子覆盖，塌鼻子上浮现着酒后的红晕，头发像是完全没有梳理过一样乱糟糟的。身上穿着一件到处开线的灰毛衣和一条褐色长裤。一股酒气扑鼻而来，莲见的脸皱了起来。

男人眼镜后的单眼皮困倦地眨动着，打了个长长的哈欠。

"哟……是出川啊。找我有事吗？"

"这二位是滋贺县警察部刑警课的人，他们有些话想问你。"

男人微肿的眼睛看向莲见。

"县警察部找我有何贵干？"

莲见往前走了一步，问道："你认识占部文彦吧？"

"哦，认识啊。"

"听说昨天下午5点左右，你去找占部文彦借钱了？"

"去是去了，但是被他一口拒绝了。他说自己有两个从东京来的客人，很忙。"

"你是什么时候回家的？"

"5点40分左右吧。那家的女佣一点儿也不热情，我走的时候送都不送一下。"

"当时占部文彦是什么状态？"

"他好像在担心什么。"

"担心什么？"

"不知道，文彦什么都没跟我说。"随后，他露出担心的神色，"文彦出什么事了吗？"

"他昨晚被杀了。"

"被……被杀了？"他惊讶得张大嘴巴，盯着莲见等人，就像是突然酒醒了一样。

"没错，被杀了。不是你杀的吗？你借钱被拒绝以后，晚上又跑去找被害人，却被他痛骂了一顿，你一时气愤就把他给杀了，不是吗？"

胡子拉碴的男人倒吸一口凉气，两只手慌忙在面前摆了摆："别……别开玩笑了。我这么胆小，怎么可能杀人！而且，我以前找他借钱都被拒绝过无数次了。事到如今，怎么可能因为被拒绝一两次就杀人啊？"

"你昨天晚上都做了些什么？"

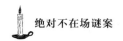

"借钱被拒绝以后，我就走回家了。到家以后自己弄了点晚餐吃，但是实在是无聊得受不了，就去了一家叫作'黑猫'的小酒馆，在那里从7点30分喝到8点30分。"

"之后呢？"

立花搔了搔头，说道："其实我有点记不太清啦。我在'黑猫'喝多了，发了通酒疯，8点30分左右被赶了出来。到此为止的事我还有印象，但是后面就完全不记得了。今天早上我有意识的时候，已经倒在家里蒙头大睡了。"

"我们进去看看。"

莲见推开立花，在土间①脱下鞋走了进去。里面有一间厨房和一个六叠间。厨房的洗碗池里堆着脏兮兮的餐具。六叠间的中央铺着被褥，上面臭气熏天。被褥旁边放着一个火盆和一张用柑橘箱子裹上布做成的矮脚桌，矮脚桌上放着茶杯和劣质烧酒的酒瓶。

"刑警先生，别看得太仔细嘛，怪难为情的。"

莲见回过头，死死地盯住对方。占部文彦正在防备自己的弟弟，但是仍然打开窗户让凶手进去了。从这点来看，凶手应

---

① 在日本的传统民家中，生活起居的空间被区分成高于地面并铺设木板等板材的"地板"以及与地面同高的"土间"两个部分，土间即不铺地板的素土地面、三合土地面房间。

该是文彦信任的人。可是，也要考虑另外一种可能性，即凶手是文彦完全不放在眼里、做梦也想不到对方会伤害自己的人。立花完全符合后一种可能性。

"听说你是占部文彦的战友？"

"是啊，我们两个都被派去了菲律宾战场。真的非常惨，我再也不想经历那种事了。"

"占部文彦一直在借钱给你，是因为你们是战友吗？"

胡子男的脸上浮现出贱兮兮的笑容。

"我救过那男人的命哦。当地的游击队夜袭我们部队营地的时候，那男人的脚被击中，不能动了，是我背着他逃出去的。"

"所以占部文彦才无法拒绝你？"

"是啊，就是这么回事。"

"听说你是今年2月来这个镇子的，你的目的是敲诈占部文彦吗？"

"什么敲诈啊，刑警先生的嘴可真够损的。我复员以后，回到了被征兵前工作的大阪，但是公司在空袭中被炸毁了。社长和员工也都死光了，我无处可去，只好在黑市干了一段时间。听说文彦在这个镇上混得不错，想到以前自己跟他也算难兄难弟，我就跑来这个镇子了。"

"你知道占部文彦有个叫武彦的双胞胎弟弟吗？"

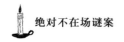

"就是那个去年12月从这个镇子跑出去的弟弟吧？知道啊，听文彦说过。他弟弟不是一心认为用诽谤信把自己女朋友逼死的人是文彦，对他恨之入骨吗？但是就算跟文彦的关系再恶劣，也不至于丢掉占部制丝的高管之位嘛，这个叫武彦的弟弟的脑子真是够奇怪的。换成是我，才不管女朋友是死是活呢，我绝对不会放弃高管之位。对了，听说这个叫武彦的弟弟离开这个镇子后，跑去东京做了整形手术，换了一张脸呢。"

"没错。你是从占部文彦那里听说的吗？"

"是啊。上次和文彦见面时，他跟我提过，说他弟弟寄来了一份新闻剪报。武彦接受整形手术后，为了隐瞒自己的模样，把医生给杀掉了。他做出这种荒唐的事，让文彦非常头疼。文彦说完这些以后，又恳求我不要把这件事告诉任何人。他说要是让别人知道武彦是杀人犯，会有损占部家的声望。我当然不会说啦。毕竟文彦不光是我亲爱的战友，还是我的生财之道嘛！"他说着，脸上又浮现出贱兮兮的笑容。

莲见身旁的池野刑警一直沉着脸。年轻且富有正义感的池野似乎无法忍受这个叫立花的男人。

"对了，今晚占部家要办守灵会吧？"

"估计是吧。你也要去吗？"

"文彦毕竟是社长，这个镇上的各界名流应该都会去吧？我最不擅长应付那些人，就不去了。"

6

我们正在房间里等待，突然有个胖男人连门都没敲就粗鲁地闯了进来。是占部制丝的专务藤田修造。

"你们被解雇了。"藤田张口就道。

"解雇？"哥哥问。

"对，解雇。因为你们没有保护好社长。赶紧从这栋房子里滚出去。"

"警方让我们在这里等着。"

"那就等警方同意之后，立刻从这栋房子里滚出去。提前把行李收拾好！"

我怒火中烧，可他既然说要炒了我们，我们也无话可说。

"请稍等。"

这时，门口突然传来一个女声。我闻声望去，只见贵和子夫人站在那里。

"夫人！您的身体不要紧了吗？"藤田扯着嗓子跑到贵和子

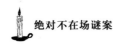

夫人的身边。

"嗯，休息了一会儿，已经好多了。"

"实在抱歉，没能保护好文彦先生。"

哥哥深深地低下头。我也慌忙照做。

贵和子夫人的脸上浮现出虚弱的微笑。

"请不要自责，你们已经做了力所能及的事。是文彦冒失地开了窗。这是他的错，不是你们的责任。"

"我们叮嘱他时应该再强硬一些，让他绝对不要开窗。"

"请别再自责了。先不提这件事了，我还有事想要麻烦你们。"贵和子夫人用求助的眼神望着我们。

"请问是什么事？只要是我们力所能及的事情，您尽管吩咐。"

"我想请你们赶在警方之前找到武彦。"

"请放心交给我们！"

我昂首挺胸地答应下来，却被哥哥踩了下脚。

"好痛！你干什么呀？"

"不要说这种不负责任的话。"

哥哥凶了我一句，恭谨地对贵和子夫人说道："现在武彦先生已经被视为凶手，警方肯定会千方百计地找到他。在找人方面，还是具备组织能力的警方更为擅长。我们不便继续插手了。"

"您说得对，警方肯定会千方百计地找到武彦。所以，我想请你们赶在警方之前找到他。只要让他向警方自首，或许就能够减轻一些罪责。"

"我们只是普通的私家侦探，并不是那种侦探小说中的名侦探，有很大可能让您的期待落空。我们不能让您为这种注定失败的事情破费。"

藤田插嘴道："人不可貌相嘛！你居然能说出这么正经的话。夫人，这男的说得对。区区私家侦探能做什么？"

我气鼓鼓地瞪着藤田。

贵和子夫人口吻平静地说道："未必就会以失败告终。川宫先生，你们不是解决了衣笠家的案件吗？你们一定能做到，我相信你们。"

"可是……"

"文彦肯定也会希望委托你们。"

哥哥凝视贵和子夫人良久，终于缓缓地点了点头："好吧——这个委托我们接受了。"

藤田慌忙道："夫人，您就算是要委托，也不要选这种小年轻吧……"

"藤田先生，请允许我任性这一次，你就听我的吧。"

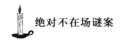

"可是……"

"拜托你了。"

被贵和子夫人恳求的目光注视着，占部制丝的专务目眩神迷地眨了眨眼睛，总算勉勉强强地点了点头。

"好吧……就照夫人的意思去做吧。"

藤田看向我和哥哥，威胁道："你们尽全力调查！要是敢偷懒，我可饶不了你们！"

"要杀要剐，悉听尊便。"哥哥说完，看向贵和子夫人，"对了，关于武彦先生和真山小夜子小姐，我还有些事情想要问您。"

"只要是我知道的事情，一定如实相告。"

"能否请其他人回避一下……"

哥哥故意看了眼藤田，这位占部制丝的专务立刻脸红脖子粗地瞪着哥哥。

"藤田先生，不好意思，能不能请你先离开？"

见贵和子夫人发话，藤田一脸愤懑地离开了房间。

哥哥对贵和子夫人说道："身为经营者的家人，又是专务，却和在工厂上班的女工坠入爱河，还挺戏剧性的啊。"

贵和子夫人微笑道："简直像电影一样吧？武彦和小夜子都拼命瞒着他们在一起的事。我还是偶然在湖畔撞见武彦和小夜子接吻，才知道他们在一起了。昨天我跟你们说过，我在教女工们弹筝，小夜子也跟着我学筝。我和小夜子关系很好，曾经悄悄地问过她和武彦的事，当时她红着脸承认了，说她和武彦对彼此是认真的。"

"您也问过武彦先生吗？"

"嗯。武彦也说自己对小夜子是认真的。他说自己绝对不是玩玩而已，他是真心的。"

"您听后作何感想呢？"

"我觉得他们两个没有说谎。他们好像确实相爱了。虽然身份上有差距，但是现在已经不是对这种事说长道短的时代了。我觉得今后的时代应当更看重人品。小夜子漂亮、娴静、聪慧，是位完全配得上占部家的女性。所以，我很赞成他们两个在一起。"

"武彦先生和小夜子小姐是怎么认识的呢？"

"我问过武彦，他说自己去年4月到占部制丝的工厂视察时认识了小夜子。小夜子在负责精纺工序的工厂上班，听说当时厂长指着小夜子向武彦夸奖，说她是厂里最擅长寻找断线和接线的女工，可是她却一点儿也不骄傲，又谦虚又低调，是工人的楷模。小夜子羞涩的笑容打动了武彦的心。第二天，武彦偶然在镇上遇到小夜子，主动跟她搭话。据说小夜子一开始非常

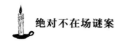

惊讶，表现得战战兢兢的。这也很正常嘛，毕竟对她而言高不可攀的专务居然跟她搭话了。武彦跟她聊了一会儿，发现她很聪慧，对她越来越心动。武彦和文彦不同，说句不好听的，他的性格有些孤僻。小夜子或许是发现了这一点，并且从他身上感受到了共同之处吧。她逐渐打开心扉，同意再跟他见面。他们两个就这样在一起了。"

"针对小夜子小姐的诽谤信，是什么时候在镇上出现的呢？"

"是去年9月左右出现的。我们家也收到了一封，写在没有花纹的信纸上，装在同样没有花纹的信封里。好像并不是通过邮局邮寄的，而是晚上直接送过来的。"

"里面是什么内容呢？"

"内容是小夜子和镇上各种各样的男人……有不正当的关系。"

"就是因为这件事，小夜子小姐最终自杀了？"

"是11月20日发生的事。她在女工宿舍吞了氰化钾……"

"氰化钾？"

"是的。是战时发给大家用来自杀的东西。战争结束后政府让大家扔掉，可是小夜子好像偷偷地留了下来。"

"警方调查过送诽谤信的人是谁吗？"

"调查过，可遗憾的是没有任何结果。信虽然是手写的，但好像是拿尺子描出来的，以此隐藏了笔迹，所以查不出是谁的字。凶手也没有留下指纹，貌似戴着手套。武彦听说小夜子死了，跑过来痛骂文彦：'是你用那封信害死了小夜子！'文彦拼命否认，武彦却完全听不进去。"

"武彦先生这么确信是他哥哥写的信，是有什么依据吗？"

"不知道。或许只是双胞胎之间的心灵感应，让他察觉到哥哥一直在觊觎小夜子吧。"

这些信息他们已经在"小姐"咖啡馆里听说过了，似乎没有更多的细节了。

"您自己觉得写诽谤信的人会是文彦先生吗？"

"我希望不是……可是，武彦很少会不分青红皂白地咬定什么事情，既然他那么激动地质问文彦，肯定有自己的理由。所以，说不定那封信就是文彦写的。这栋房子很大，就算他深更半夜偷偷溜出去送信，可能也不会被人察觉。武彦或许是看到了文彦深夜出门，才会认为信是他哥哥写的吧……"

"我还有些话想问小夜子小姐当时寄宿的女工宿舍的舍监，您可以帮忙引见吗？"

"好的。舍监应该会来参加今晚的守灵会，届时我来引荐。"

第四曲

守灵之夜

1

　　双龙站前的广场上有家三层的医院，名叫绪方医院。占部文彦的司法解剖便借用了绪方医院的外科手术室，由与搜查组同行的法医本多进行。

　　下午5点多，莲见、池野和出川巡查从立花守家回来以后，去了一趟绪方医院，当时解剖刚好结束。本多疲惫地坐在候诊室的长椅上，一边抽着和平牌香烟，一边跟一个五十四五岁的清瘦男人说话。这个清瘦男人是绪方医院的院长。

　　莲见坐到本多身边，问道："死亡时间是什么时候，医生？"

　　"从胃内容物——白米、各种鱼、蛤蜊、味噌、马铃薯、菠菜、桃子——的消化情况判断，他是在进食后两小时左右死亡的。不过，在这个吃不上饭的时代，他还真是有口福啊！"

　　莲见回忆起了川宫兄妹的话——被害人是傍晚6点的时候吃的晚餐。

　　"这么说来，死亡时间就是晚上8点左右喽？死因呢？"

　　"左胸被刀刺伤导致的心脏受损。几乎是当场死亡。"

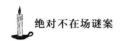

池野刑警有些纳闷："死亡时间是8点左右？这就怪了。立花守说他7点30分到8点30分都在'黑猫'喝酒。这么一来，立花就几乎不可能犯案了啊。"

本多抬眼，目光锐利地看向池野："喂，小子，你是想说我的诊断有误吗？"

"不……不是，我绝无此意！"池野慌忙否认，毕竟本多可是滋贺县警察部出了名的暴脾气，"立花可能撒谎了，也可能是打算让'黑猫'的老板做伪证。"

莲见和池野向出川巡查问过地址以后，开车朝"黑猫"小酒馆驶去。

北陆线的铁路沿线有一条商店街，各种各样的商铺鳞次栉比。下午5点多，暮色四合。各个店铺的灯光都已亮起，下班回家的人们迈着疲惫的步伐从街上走过。

商店街的南端是酒馆的聚集地，"黑猫"就是其中一家。那是一间小平房，一半被改造成了酒馆。招牌上用潦草的字体写着"黑猫"，挂在玻璃推拉门的上方。

店内传来醉鬼们混浊的笑声。莲见拉开推拉门。

悬挂在天花板上的电灯泡映照出不足六叠的小酒馆，里面有一个用三合板拼成的吧台、五把椅子。地面裸露着混凝土，屋内飘荡着一股炖肉的味道。

坐在椅子上的三名男子回过头来，目不转睛地看向莲见和池野。他们面前都放着玻璃杯和下酒菜。

"欢迎光临。"柜台内那个三十五六岁的女人慵懒地开口。她的长相莫名让人联想到猫。

"你是这家店的老板娘？"

"是啊。"

莲见掏出警察证，举起来说道："我们是滋贺县警察部的人，有几个问题想问你。"

"是警察老爷啊，失礼了。"

老板娘脸上浮现出讨好的笑。三名客人放下酒杯，露出好奇的神色，偷偷地打量莲见他们。

"你认识立花守吧？听说他是这家店的客人。"

"嗯，认识。"

"昨天晚上7点30分到8点30分，他是在这里喝酒吗？"

"在啊。那男的犯什么事儿了吗？"

"我们现在就是在调查此事。你确定他7点30分到8点30分是在这里吗？"

"确定。7点30分左右他来到店里，慢吞吞地喝着威士忌，没完没了地抱怨自己没钱。后来他突然开始发酒疯，就被我轰出去了。"

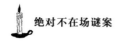
绝对不在场谜案

"当时是8点30分左右吗？"

"是的。"

"记得这么清楚？你应该不可能随时看表确认吧？"

"讨厌，您可不要故意找碴儿。收音机开着，我才知道的嘛。话说回来，那男的是因为什么案子受到调查的啊？"

"昨天晚上，占部文彦被杀了。立花经常去找被害人借钱，昨天傍晚也为了借钱去过被害人家，所以我们盯上了立花。"

老板娘瞪大双眼："那男的是因为文彦少爷被杀的案子受到调查的吗？"

"你认识占部文彦吗？"

老板娘战战兢兢地摇了摇头："不太熟，毕竟我们的身份天差地别嘛。他是本镇大户人家的家主，又是占部制丝的社长，而我只是个微不足道的小酒馆老板娘。我顶多就是远远地见过他啦，从来没有跟他说过话。"

"立花跟占部文彦关系很好吗？"

"很好哦。听说立花是文彦少爷的战友，少爷好像经常借钱给立花。不过立花从来没有还过钱，少爷估计也开始厌烦了吧，最近好像不再借给他了。我记得昨天晚上，立花好像也一直在抱怨文彦少爷最近不借钱给他来着。"

"立花那么缺钱吗？"

"他手气超烂，却沉迷赌博，经常一贫如洗。在这里喝酒的时候，也经常付不起酒资，总是赊账。真的很讨人厌。""黑猫"的老板娘撇了撇嘴，没好气地说道。

"我再问一遍，立花昨天晚上7点30分到8点30分真的在这家店里吗？撒谎可对你没有好处哦。"

"真的在啦。"老板娘指着坐在椅子上的客人，"这几位也能为我做证哦。昨天晚上他们也在店里。"

客人们兴奋地互相点了点头。

"老爷，是真的。立花确实在这家店里。"

"他喝得烂醉如泥，在这里大吼大叫。酒品太差了。要不是有我在，估计轰他出去都费劲呢！"

"胡说八道，轰立花出去的人明明是我！你不是戳在那里什么都没干吗？"

"总而言之，我有什么理由说谎呢？我这么讨厌立花，何必给他卖人情呢？"

老板娘好像确实挺讨厌立花的。莲见判断她的证词可以相信。而且，在这么一家小店，想要避开老板娘和其他客人的耳目悄悄离开，应该也挺困难的。

"对了，听说占部文彦有个叫武彦的双胞胎弟弟。"

"是啊。他以前是占部制丝的专务。不过和文彦少爷一样，

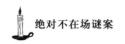

我也只是远远地见过他，没有跟他说过话。"

"听说武彦去年 12 月 1 日离开了这个镇子，至今下落不明。"

"双龙站的站务员是我的客人，听他说武彦少爷拎着行李箱上了米原方向的火车。有人说他去了东京，还有人说他去了大阪。从那以后，我就再也没有在镇上见过他。听说他们兄弟俩分道扬镳之前大吵了一架。"

"他们俩关系那么差吗？"

"不太清楚，不过听说是那样啦。自从去年 11 月武彦少爷喜欢的女工因为诽谤信自杀以后，他们的关系好像就迅速恶化了。武彦少爷似乎一心认为送信的人是他哥哥。"

"唉，明明是一个模子里刻出来的双胞胎，关系居然那么差，简直匪夷所思。"一位客人说着，呷了口杯子里的酒。

"是啊。去年 1 月 28 日，他们两个刚来这个镇子的时候，可把龙一郎老爷给高兴坏了，谁能料到……"

"你说的龙一郎老爷，是文彦和武彦的伯父吗？"

"是啊。我们也在龙一郎老爷的吩咐下去列队欢迎他们了，记得当时大家一齐高喊：'万岁！万岁①！'龙一郎老爷后来还设酒宴款待了所有的出席人员呢。当时的酒可真不错啊！"

---

① 日本人贺喜时，会许多人一起喊"万岁"。

第三名客人点了点头："龙一郎老爷看起来真的很高兴。谁知才过了半年多，他就去世了……真是人生无常啊。"他的语气颇为感慨。这大概是个酒后爱哭的人，只见他的眼眶里有眼泪在打转。

"打扰你们了。"莲见说完，便催促池野离开。

"刑警老爷，欢迎下次以客人的身份光临呀！我请客！"老板娘在身后喊道。

莲见和池野没有理会她，径自走了出去。

2

傍晚6点前，占部文彦的遗体被送回了占部家。是两名绪方医院的员工将遗体装进棺材里送回来的。

在贵和子夫人的指示下，棺材被抬进了日光房。据说是考虑到守灵夜会有很多客人来，所以才决定在最宽敞的日光房举行仪式。

天黑了，日光房的法式窗拉上了窗帘。长绒地毯上铺上了一层毛毡，可以直接坐人。白茬木的祭坛设在了面朝琵琶湖的

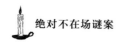

西侧法式窗前。

员工们将遗体转移到祭坛前方的桐木棺中。桐木棺无比豪华，很适合收敛占部家家主的遗体。

文彦的遗体被人换上了白麻寿衣。闭着眼睛的他面容安详，简直像是睡着了一样。贵和子夫人看到以后放声大哭，良久才用虚弱的声音说道："我要给文彦整理一下遗容，能让我们两个单独待一会儿吗？"

"夫人，我来给您搭把手吧？"三泽纯子小心翼翼地提议。

贵和子夫人却露出凄楚的笑意，说道："不用了，我自己来。"

我们去走廊上等候。十分钟后，贵和子夫人从日光房里出来了，她的脸上虽然犹有泪痕，却身姿端正。文彦去世了，武彦也成了嫌疑犯，贵和子夫人如今是占部家最后的主人了。似乎是这个念头正在支撑着她。

我和哥哥走进日光房，只见闭合的桐木棺上盖着一条白布，前方摆放着一些线香。我们上了炷香，为死者祈求冥福。

为了接待来客和准备饭菜，占部家从镇上叫来了一些姑娘帮忙。贵和子夫人向三泽纯子、厨师——好像是叫冈崎史惠——以及镇上的姑娘们下达指令，有条不紊地安排着今晚的守灵会和明天的葬礼。她的脸色虽然苍白，神态举止却很刚强。

我和哥哥向贵和子夫人申请帮忙，她却说："你们歇着就好。"也是，我们对这个地区的风土人情一无所知，即便有心帮忙，估计也只能帮倒忙吧。

快到7点的时候，参加守灵会的客人陆续到来，坐在日光房地面铺设的毛毡上。贵和子夫人坐在棺材旁，接受客人的吊唁。客人向贵和子夫人表达自己的哀痛，递出奠仪，她则郑重还礼。连我这个女人看了，都觉得身穿黑色丧服的贵和子夫人美得摄人心魄。

7点一到，昨天主持真山小夜子法事的僧侣便开始诵经。据说他是龙星寺的住持，该寺庙的施主总代表正是占部家。诵经结束后，就开始给客人发放装有稻荷寿司的大盘子、酒壶酒杯、烟盘等。镇上的姑娘们负责发东西，三泽纯子则忙着指挥她们。厨房那边，冈崎史惠和镇上的姑娘们估计也正在手忙脚乱地准备食物吧。

日光房中大约有三十个人在聊天。在娱乐活动比较少的乡下地方，守灵会好像是一个小型社交场所。其中一些人喝了酒后，甚至开始谈笑风生。我和哥哥坐在角落里，观察着吊唁者们的状态。说不定武彦会出现在守灵席上——我有种强烈的预感。从聊天内容判断，访客中似乎还有双龙镇和邻镇的镇长、银行的行长等。不愧是占部制丝的社长，竟有这么多重要人物

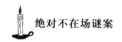

前来吊唁。

"唉，真是个让人惋惜的男人啊。占部制丝正发展得顺风顺水，怎么就……"双龙镇的镇长是一个身材矮小、满头银发的男人，他一边将杯子举到嘴边，一边说道。他身上是一套和服礼装①。

"您所言极是。社长他正值大好年华啊……"藤田修造如此附和道。他身上则是一套西式长礼服。他是回家换了套衣服才过来的。他大概有些嗜酒，不停地续着杯。

"对了，那边的两个人是谁？好像是生面孔呢……"镇长面带诧异地看向我们。

"那两个人吗？其实，他们是社长考虑到有人要取自己的性命，从东京请来保护自己的私家侦探。"

"私家侦探？那个看起来一脸悠闲的青年，还有那个一脸争强好胜的姑娘吗？"

"是的。可惜他们不中用，否则社长也不会落得这种下场……"

闭嘴吧你！我在心中骂骂咧咧，但又无法出言否认。

---

① 原文为"纹付羽织袴"，为日本男性的礼装，"纹付"指家徽，"羽织"为外褂，"袴"为裤裙。

"话说回来，文彦觉得是谁想要取他的性命啊？"

"武彦先生。"

"武彦？"

"武彦先生去年12月好像在东京接受了整形手术，换了一张脸。社长觉得武彦先生之所以做那种事，就是为了取自己的性命。"

"所以，是武彦杀了文彦吗？"

"不知道。武彦先生和社长的关系再怎么恶劣，也不会对亲哥哥动手吧？其实我觉得对社长下手的人在员工当中，因为有一部分行为不端的人非常恨我们社长。社长明明是那么优秀的人……"

藤田一边说，一边喝酒。不知道是不是已经醉了，他的手哆嗦了一下，把酒洒了出来。

"对了，夫人，能让我瞻仰一下社长的遗容吗？"

藤田挪到棺材旁。他的脸像煮章鱼一样红通通的。他虽然嗜酒，但是似乎酒量不怎么样。

坐在棺材旁的贵和子夫人目光冷淡地盯着藤田："藤田先生，看到你这副样子，文彦会伤心的。身为占部制丝的专务，怎么能醉成这副德行？请你有点廉耻心。我不能让你这种人瞻仰仙逝之人的尊容。"

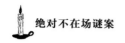

"是……对不起。"藤田瞬间蔫了下去。

活该，这个笨蛋。我在心中大呼快哉。就在尴尬的气氛蔓延开来时，双龙镇的镇长突然大喊一声："哟，这不是出川吗？要过来坐吗？"

我循声望去，发现有个年近三十岁的蒜头鼻巡查正拘谨地往日光房里看。

"我是趁夜间巡逻的时候溜过来的。文彦先生以前很照顾我，所以他的守灵夜我也想来看一眼。"

"是吗？你来得正好。要喝一杯吗？"

"不了，我还在执勤。"

"也是，巡查要是酒后骑自行车，那可不像话啊。"

镇长被自己的玩笑给逗笑了，他环视一圈，慌忙闭上了嘴。出川巡查坐在棺材前，上了炷香、鞠了一躬后，静悄悄地离开了日光房。

他走后，紧接着就有个五十来岁的女人走进日光房。我们昨天在墓地见过她，她参加了小夜子的一周年忌日追悼法事。女人向坐在棺材旁的贵和子夫人恭敬地低下头，表达自己的哀痛之情。夫人一边点头一边倾听，最后看向我和哥哥，朝我们小幅度地招了招手。我们走过去以后，贵和子夫人向我们介绍那位女士："这位就是小夜子当时寄宿的女工宿舍的舍监——

藤原依子女士。藤原女士，这是我请来调查文彦案子的私家侦探——川宫圭介先生和他的妹妹奈绪子小姐。他们二位想要问你一些关于小夜子的事，你能跟他们说说吗？"

"好的，夫人。"藤原依子答应后，看向我们，"你们尽管问吧。"

不知道是不是听见了小夜子这个名字，附近的守灵客人好奇地看了过来。贵和子夫人似乎注意到了这件事，小声说道："要聊的内容比较重要，所以这里可能不太方便，还是去二楼我的房间聊吧。"

"哎呀，夫人，方便吗？"藤原依子诚惶诚恐地说。

"方便的。藤原女士，请带川宫小姐他们过去吧，你知道我的房间吧？"

我和哥哥随藤原依子上了二楼。贵和子夫人的房间正如她昨天告诉我们的那样，位于二楼的北端。房间有十二叠大，里面铺着长绒地毯，隐约飘着一股甜香。摆在墙中央的巨大梳妆台两侧各有一个桐木衣柜。

"请问小夜子小姐是个什么样的女孩？"哥哥直奔主题。

"她是个特别漂亮的丫头。她的性格内敛，眉宇间总是有些愁绪，但是特别细心。凭借她的美貌，哪怕当上女演员也不足为奇，所以好像有男工在追求她，不过她品行端正，对那方面

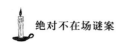

的事完全不感兴趣。"

"听说有人到处散发针对她的诽谤信？"

藤原依子脸色沉了下来："特别过分。镇上家家户户都被投递了污蔑那丫头品行的信……"

"您家也收到了吗？"

"是的。不过我立刻就扔掉了。"

"关于是谁送的诽谤信，您有什么头绪吗？"

"完全没有。那丫头对谁都很和善，绝对没做过什么招人憎恨的事，更没道理被人编派得那么过分。说不定是哪个蠢男人自认为被那丫头给甩了，才会写那种信吧。"

"听说她是去年11月20日过世的？"

"是的。她的舍友下晚班回到房间时，发现她已经吞氰化钾去世了。听说她那天上的是早班，下午3点下班回宿舍，早早吃过晚餐后，就一直待在自己的房间里，没有出去过。"

"吃晚餐的时候，小夜子小姐有什么古怪之处吗？"

"她是和我、她的女同事们一起在食堂吃的晚餐，但是没有表现出什么异样。她当然因为那封信意志消沉，但是表面还是一如既往地安静。谁能想到后来她会走上绝路呢……"

"她留下遗书了吗？"

"没有。"

"小夜子小姐的葬礼是怎么办的？"

"那丫头无依无靠，所以就请厂长担任丧主，简单地办了场葬礼。参加葬礼的有我、厂长以及她的女同事们。武彦先生也来了。"

"武彦先生也参加了？当时他是什么状态？"

"他的眼睛哭得又红又肿。虽然他当时站在角落里，但是我一看到他的状态就知道他喜欢那丫头了。我之前完全不知道武彦先生在和那丫头谈恋爱，他们两个瞒得实在是太好了。不过这也无可厚非。武彦先生是专务，那丫头只是一个小小的女工，要是谈恋爱的事曝光的话，估计会出现很多问题吧。"

"武彦先生一心认为送诽谤信的人是他哥哥。这件事情您知道吗？"

藤原依子有些迟疑，然后才勉勉强强地点了点头："知道……这件事情我听说过。据说武彦先生在办公室痛骂社长的时候，被好几个人听见了……不过，我绝不相信社长会做那种事。那丫头虽然格外漂亮，性格也好，可是社长是非常看重身份的人，我觉得他应该不会对一个女工有非分之想……"接着，藤原依子小心翼翼地说道，"那个，我听说了一些奇怪的传言，武彦先生离开这个镇子后，跑去做了整形手术，换脸后又隐姓埋名回到这里，杀害了社长……"

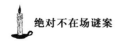
绝对不在场谜案

这件事好像已经传得尽人皆知了。

哥哥点了点头："是的。据判断，武彦先生又回到了这个镇子，用别人的身份生活在这里。"

"天呢……"藤原依子茫然地喃喃道，"没人知道武彦先生现在用的是谁的身份吗？"

"很遗憾，没人知道。我猜他可能用了能够以某种形式进出这栋房子的人的身份……"

"我至今还记得小夜子葬礼时武彦先生的样子。他看起来非常难过，我一直暗暗担心，只盼他不要破罐子破摔，可是没想到……"

3

晚上8点过后，吃过晚餐的刑警们在双龙镇警署的会议室召开了一场搜查会议。是滋贺县警察部的刑警和双龙镇警署的刑警的联合会议。

湖北的晚秋气温骤降。房间中央放着柴炉，但是冷意还是悄然从背后袭来。担任搜查指挥的莲见坐在下属和双龙镇警署

130

的刑警们对面。

莲见清了下嗓子，环视众人。

"那么，就先从占部家周围的目击证词开始吧。"

这个任务交给了双龙镇警署的刑警们，因为熟悉本地地理情况的人更适合执行这个任务。其中一人站起来道："我询问了占部家周围的邻居，从昨天傍晚到晚上，有没有在通往占部家的路上看到可疑车辆经过。只在晚上7点前和9点后，有人看见了占部家的戴姆勒。那正好是贵和子夫人出门参加妇女会的时间。这个镇上汽车很少见，所以如果有汽车经过，立刻就会被人注意到。因此，凶手应该是徒步或者骑自行车往返占部家的。"

"原来如此。下一个问题，凶手究竟是本地人还是外来人员。凶手如果是外来人员，那么要考虑两种可能性：一是他昨天连夜离开了镇子；二是他留宿在了镇上的某个地方。车站和旅馆的走访结果如何？"

"首先汇报一下在双龙站走访的结果。被害人的死亡时间是昨晚8点左右。从占部家到双龙站，骑自行车大概需要二十分钟，所以凶手抵达车站的时间，最早也得是8点20分左右。可是站务员却表示，昨晚8点20分以后，没有一个人在这一站上车。也就是说凶手即便是外来人员，昨夜也留宿在了双龙镇。

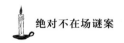

于是我又调查了一下旅馆。双龙镇有三家旅馆。一共有十四名留宿人员，但他们全都有昨天晚上8点前后的不在场证明。不过，凶手也有可能住在了镇上的熟人家里，所以这一点还需要进一步走访确认。"

"也就是说……凶手要么住在可以从占部家徒步或者骑自行车往返的范围内，要么就是从外地来的，但在这个镇上有熟人。接下来是动机……查到对被害人怀恨在心的人了吗？"

这件事是莲见的下属去办的。老练的吴田部长刑警[①]站了起来："我在占部制丝和镇上都进行了走访，因为占部制丝内部一直严令禁止参加组织活动，所以许多工人都在骂被害人，说他为了缩减经费不更新工厂设备，工人的健康管理也漏洞百出，等等。可是他在镇上的风评却非常好。大家都说双龙镇能比湖北的其他村镇富饶，全是占部制丝的功劳。占部制丝给双龙镇贡献了巨额的税金，也贡献了很多就业岗位。工人们在镇上的开销也不容小觑。另外，占部制丝给镇上的祭祀活动和预防犯罪事业也捐了很多款，还设立了奖学金。所以，镇上几乎没有人说被害人的坏话。"

---

① "部长刑警"一般指隶属于刑事部或刑事课的巡查部长，有别于"刑警部长"，后者为刑事部的部长。

"因为被害人的死而获益的人呢？继承被害人遗产的人是谁？"

"是被害人的伯母贵和子夫人。可是在被害人死亡的时间，贵和子夫人正在参加在小学礼堂举行的妇女会。大约有二十名镇上的女性参加，我向她们每个人都求证了，据说贵和子夫人一次也没有离开过。所以，她有确凿的不在场证明。"

"占部制丝的高层中，有没有人会因为被害人的死获得晋升机会？"

"有。下一届最有力的社长候选人就是专务藤田修造。可是藤田有不在场证明。他说自己傍晚不到6点就回家了，后来一直和妻女待在家中。"

"家人的证词不足为凭。"

"我仔细盘问了他的妻子和女儿，没有看出撒谎的迹象。"

"应该也有其他对被害人心怀不满的高层吧？毕竟这个刚满三十岁的年轻家伙骑到了他们头上。"

"是的。这样的人有三位。但是，他们都有不在场证明。"

吴田部长刑警说出三个人的名字。晚上7点到9点左右，三人在镇上的料亭①聚会。好像是反社长派的聚会，料亭的员工没

---

① 即高档日式酒馆。

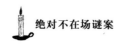

有撒谎的迹象，他们确实有不在场证明。

莲见点了点头："我也汇报一下我这边的调查结果吧。被害人有个叫立花守的战友住在本镇。这个男人自称掮客，在镇上兜售来路不明的黑货，据说他在战场上救过被害人的命，所以一直仗着这份恩情，死乞白赖地找被害人借钱。昨天下午5点左右，他又去占部家借钱，但是遭到了被害人的拒绝，5点40分左右就离开了。说不定晚上他又去借钱，再度被拒绝，一时激愤杀了对方。可不巧的是，立花有确凿的不在场证明。他在小酒馆喝得烂醉如泥，还发了一通酒疯。老板娘和三名客人都可以为立花做证。"

"如此一来，就只剩下两种可能了吧：一种是凶手在占部制丝的工人当中；另一种就是像那对姓川宫的私家侦探说的那样，凶手是被害人的弟弟武彦。"

这时，吴田部长刑警发表意见："武彦去年12月接受整形手术，13日杀害了医生，从新闻报道来看，此事应该属实。但至于此事是否跟这次的案件有关，杀害被害人的人是不是武彦，我抱有很大的疑问。通过整形手术换脸，伪装成另一个人躲在他哥哥身边——又不是侦探小说，我可不信现实中存在这种离谱的事。警部怎么看？"

莲见警部说道："确实不太现实，但是武彦去年12月离开占部家的时候，把自己房间的指纹都清除了也是事实。这可以导向一个结论——他这样做是为了防止在冒名顶替接近他哥哥的时候，因为指纹暴露真实身份。'武彦是凶手'的观点也具备一定的说服力。

"所以，明天需要去镇政府查一下，去年12月14日以后是否有人搬到了这个镇上。既然他是13日在东京杀害整形外科医生的，那么他到达这个镇子的时间最早也得是14日。然后还要联系一下警视厅，问问整形外科医生谋杀案的详细情况。估计还要视情况派我们的刑警去趟东京。

"不过，比起武彦是不是凶手，更重要的是被害人一直认为武彦想要杀害自己。被害人害怕弟弟，将卧室的窗户和百叶窗都上了锁。可凶手还是骗被害人打开了锁，闯进卧室实施了犯罪。由此可知，凶手是深受被害人信任的人。"

池野刑警插嘴道："这么一来，凶手是工人的可能性不就变小了吗？因为如果对方是工人的话，被害人应该会保持警惕，不会开窗。"

吴田部长刑警抱臂说道："言之有理……可是，那个姓川宫的私家侦探的话可信吗？他说被害人把窗户和百叶窗锁上了，有可能是在说谎。说不定那个私家侦探和工人是一伙的。他或许是想，只要谎称被害人锁上了窗户和百叶窗，警察就会排除

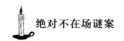

工人是凶手的可能性。"

双龙镇警署的加山刑警点了点头："确实，那个私家侦探看起来挺可疑的。最近的战后派小年轻不能信任。妹妹倒是看起来挺正经的……"

池野刑警出声反驳："可是，那对私家侦探是被害人的伯母特意从东京请来的，应该不可能和占部制丝的工人是一伙的吧？所以，我觉得那对私家侦探的证词可以相信。"

"也是。"莲见应道，"我也觉得他们关于窗户和百叶窗的证词可以相信。所以，今后首要的搜查方向就是锁定能够让被害人毫不设防地打开窗户和百叶窗的人——要竭尽全力找出这个人。"

4

守灵会的散场时间是晚上10点左右。

"今天感谢诸位了。"

贵和子夫人深深地鞠躬，——送别客人。

双龙镇的镇长道："您肯定也很难过，但是请振作起来。文彦没了，您现在是占部家最后一个人了。无论遇到任何麻烦，都可以来找老夫。只要是老夫力所能及的事，一定帮忙。"

"多谢您了。"

送走最后一位客人，贵和子夫人突然露出疲态。我劝她早点休息，夫人却摇了摇头："我打算通宵守灵。"

"通宵守灵？您这么累了，还是早点休息为好……"

"不必担心。别看我这样，其实身体很健壮。不过，我有一个请求……"

"您说。"

"说起来可能有些自私，但我想请你们陪我一起守灵。我一个人有些害怕……"

"好啊，没问题。"

我和哥哥一口答应，然后回到日光房，和贵和子夫人一起坐到放有文彦遗体的棺材前。

贵和子夫人沉默地注视着棺材。我们也默然不语。三十叠的日光房里一片寂静。房间里放着两台火炉，但是依然寒意袭人。

10点30分左右，莲见警部被三泽纯子带到日光房。他的身后跟着一个微胖男人和一个清瘦男人，二人都年过半百。莲见警部那张棱角分明、不苟言笑的脸上浮现出腼腆的表情，说道：

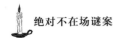

"听说今晚是守灵夜。我想祭拜一下逝者，于是就过来了。"

"感谢您专程跑一趟。"贵和子夫人站起来，朝他深深地鞠了一躬，莲见警部立刻露出一副目眩神迷的表情。贵和子夫人又看向那个清瘦的男人，说道："绪方医生也来了呢，多谢您了。"

"文彦是在我们医院解剖的。昨天傍晚，文彦从公司回家的路上，曾经坐安藤的车来过我们医院一趟，据说他右手的食指在公司不小心戳伤了。他当时热情洋溢地聊起占部制丝的业务扩张，那叫一个意气风发。谁又能料到会发生这种事呢……"被唤作绪方的清瘦男人神色凝重地说道。

我想起站前广场有家医院，估计他就是那里的院长吧。

"这位是……"贵和子夫人探询地看向那个微胖男人。

"这位是负责给文彦先生验尸与司法解剖的法医——本多医生。"莲见警部说道。

"您好……给您添麻烦了。"贵和子夫人再次深深地鞠了个躬。

本多医生腼腆地摆了摆手："哪里哪里……令侄的事我深表同情。虽然我从来没有因为验尸和司法解剖开心过，但是面对令侄这样的年轻人，我尤其感到痛心。说句心里话，我觉得法医真的是个不幸的职业。"

贵和子夫人柔声对三泽纯子说道："辛苦你了，你去休息吧。"女佣行了个礼，离开了日光房。

莲见警部看向我和哥哥："听说你们俩在偷偷摸摸地嗅来嗅去，你们究竟有什么企图？"

什么嗅来嗅去的呀，措辞太没礼貌了！我气呼呼地瞪着他说："我们在用自己的方式查案。"

莲见警部失笑道："查案？区区私家侦探，当真是大言不惭啊！查案交给警方就够了。再说，你们不是连保护委托人的工作都没干好吗？"

"正因如此，我们才想查明真凶。"

"口气倒是不小。到目前为止你们查到了什么？"

"如果警方能把查到的事情告诉我们，那么我们也可以告诉您。"

"小丫头真是胆大包天，这一点倒是值得表扬。"

这时，贵和子夫人语气沉稳地接过话茬："警部先生，我也想请您帮帮忙。在不妨碍调查的范围内，能不能把调查内容告诉川宫小姐他们？作为文彦的伯母，我也想了解一下调查的进展。"

"哎呀，您这么说可就难为我了……"

莲见警部再度目眩神迷地望着贵和子夫人，挠了挠头。他

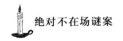

这个人外表粗犷，没想到还挺纯情的。

"警部先生，拜托您了。"

"好吧……我就在不妨碍调查的范围内说说吧。经过走访，我们分析凶手要么是住在这个镇子或周边的人，要么就是在这个镇上有熟人的外来人员。我们首先将立花守列为嫌疑人，对他进行了调查。

"您也知道，昨天傍晚5点左右，立花来这栋房子找过文彦先生。立花说他向5点30分回家的文彦先生提出借钱，但是遭到了拒绝，5点40分左右他就回去了。借钱被拒绝的立花说不定晚上又来找了文彦先生一次，并在那个时候与文彦先生发生了争执，犯下了罪行——我们考虑到这种可能性，盯上了立花。但不凑巧的是，立花有不在场证明。从胃内容物的消化情况判断，文彦先生是进食两小时以后，即晚上8点左右遇害的。但是，立花从7点30分到8点30分都在一家叫'黑猫'的小酒馆喝酒。我们核实过了，他说的是实话。"

"立花是个什么样的人？"我问贵和子夫人。

"他是今年2月来这个镇子的，是一名掮客，在镇上销售各种各样的物资。他是文彦的战友，经常来家里玩。"

"他是今年2月来这个镇子的？"我的脑海中突然灵光一闪，"这个叫立花的人多大年纪？"

"三十岁上下。"

"身高呢?"

"一米六五左右吧。"

"这个叫立花的人……会不会就是靠整形手术换了张脸的武彦先生呢? 他的年龄、身高以及他来镇上的时间都完美符合条件!"

我的话音刚落,哥哥就饶有兴味地看向我。

"立花就是武彦?"贵和子夫人想了想,"我感觉不太像。武彦是个稳重而绅士的人,可惜立花完全不是。"

"说不定他是在表演啊。警部先生,听文彦先生说,他和武彦先生的血型都是AB型,没错吧?"我问道。

"我们还没有调查到这一步。"

绪方院长答道:"这位小姐,文彦的血型确实是AB型哦。"

"您挺清楚的嘛。"

"今年9月,在文彦的倡导下,曾经举行过一场全镇的献血活动。以前我对文彦说过,我们医院用于输血的血液一直不够用,文彦好像就对这件事上了心。多亏了文彦呼吁,镇上很多居民都跑过来献血。献血时,我们会先验血,确定血型以后,再按照A型、B型、O型、AB型这四类进行分组。根据当时的验血结果,文彦的血型是AB型。因为文彦是第一位献血者,所以

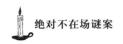

绝对不在场谜案

我记得非常清楚。"

"文彦先生的血型怎么了？"莲见警部诧异地问我。

"文彦先生和武彦先生是同卵双胞胎，所以血型相同。知道武彦先生的血型是AB型，可以成为锁定武彦先生的重要线索——9月的献血活动，立花也参加了吗？"

听到我的问题，绪方院长的目光变得悠长，像是陷入了回忆。

"应该参加了……记得当时看到这个在镇上风评不是很好的男人来献血，我还对他稍微改观了呢。"

"立花是什么血型？"

"我想想。好像是B型……"

"B型？您确定吗？不是AB型吗？"

"当时的献血活动有许多居民响应，我跟立花又不是很熟，所以记不太清了。不过只要回医院确认一下献血者名单，就一清二楚了……"

"能耽误您一些时间，请您查一下立花的血型吗？我觉得肯定是AB型。"

"可以倒是可以……"

莲见警部一脸烦躁地看着我："小丫头，我刚刚的话你没听见吗？在纠结血型之前，立花可是有确凿的不在场证明哦。如果立花就是武彦，那么你们的'武彦杀害哥哥论'不就站不住脚了吗？"

"立花的不在场证明是真的吗？或许是他伪造了不在场证明呢。"

"立花从晚上7点30分到8点30分都待在那家叫'黑猫'的小酒馆，从小酒馆老板娘和常客们的证词来看，这是确凿的事实。那些人也没有撒谎的迹象。"

"说是7点30分到8点30分，但说不定是立花让他们产生了错觉呢。比方说他动了时钟的指针。"

"立花从7点30分到8点30分都在，是通过收音机播放的广播节目判断的。收音机播放的节目绝不可能造假。"

那倒是。可是，我还是无法放弃立花就是武彦这个假设。

"哥哥怎么看？你不觉得立花就是武彦先生吗？"

哥哥想了想道："目前什么都不好说，线索太少了。而且，如果立花就是武彦先生，他就必须解决血型的问题和不在场证明的问题。"

"我认为立花绝对就是武彦先生。"

"这个侦探演得还真够卖力的。好了，我们也该告辞了。"莲见警部站起来，对贵和子夫人说道。

"我送送你们。"贵和子夫人也站了起来。

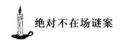

贵和子夫人出去送莲见警部和两位医生了，日光房只剩下我和哥哥。

墙上挂着一张裱进相框中的照片，照片中有两个笑容满面、勾肩搭背的青年站在双龙站前，身后是一片雪景。是文彦和武彦。单眼皮、塌鼻梁、尖下巴——脸上的所有部分都仿佛是一个模子刻出来的。不光是脸，连身材都几乎一模一样。

"真的很像呢。简直都像得有点儿吓人了。"我望着照片道。

"虽说武彦做整形手术是为了伪装成别人接近文彦先生，但我觉得理由不仅如此。他肯定是不想再跟自己憎恨的哥哥拥有同一张脸。"

"肯定是吧。毕竟每次照镜子，里面都会出现自己憎恨的哥哥的脸。他想要换一张脸也在情理之中。"

贵和子夫人很快就回来了。哥哥望着墙上的照片问道："这张照片是什么时候拍的？"

"是去年1月28日，文彦和武彦回来那天在双龙站前拍的。"

"文彦先生在昨天的晚餐时间说过，伯父龙一郎先生之所以对文彦先生和武彦先生是同卵双胞胎格外满意，是因为在同卵双胞胎担任家主的时候，占部家会格外兴旺。真的有这样的传说吗？"

"是的。据说在战国时代，占部家是这一带的诸侯。有天晚上，家主夫人梦见自己的枕边出现了一对双生龙，它们告诉夫人要将自己的孩子赐予她。不可思议的是，夫人真的生下了一对双胞胎兄弟，而且还是现在所说的同卵双胞胎。据说两兄弟真的一模一样。

"不过，因为当时双胞胎被世人所忌讳，他们便隐瞒了此事。哥哥继承了占部家的家主之位。知道弟弟存在的只有极少一部分人，弟弟成了哥哥的影子和后盾。后来，百姓开始暗中议论：'占部家家主是神明的宠儿。'因为本来在战争中身负致命伤的家主从战场上归来以后，居然立刻就毫发无伤地出现在了百姓面前。虽然只是弟弟在扮演哥哥，但是占部家家主的势力却得到了巩固。

"后来，占部家也经常有双胞胎出生，而且是现在所说的同卵双胞胎兄弟，听说这样的时代占部家会更加兴旺。比如，我丈夫龙一郎的祖父琢磨就在明治十年成立了占部制丝，为占部家的繁荣打下了根基，琢磨也有一个叫琢也的同卵双胞胎弟弟。二人在经营公司方面都发挥出了卓越的才干，甚至有人以这个镇子为名，给他们起了'双龙'的绰号。

"我丈夫这代和祖父那代相比，很是让人惭愧。祖父他们兄弟齐心，携手经营占部制丝，我丈夫却和弟弟不欢而散，三十年老死不相往来，自己还没有继承人……

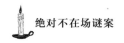

"就在这时，我丈夫的脑海中突然浮现出三十年前听说的那则消息，弟弟龙司好像生了对双胞胎。一直相信双胞胎传说的我丈夫为了振兴占部家，决定让龙司的双胞胎儿子继承家业。我丈夫那时仍然怨恨着三十年前跟自己不欢而散的弟弟，可是双胞胎的传说对他而言是那么有吸引力，他甚至愿意让自己怨恨的弟弟的后代当继承人。

"我丈夫非常期待文彦和武彦能够像祖父琢磨和他的双胞胎弟弟琢也那样，让占部制丝更上一层楼。可是，当时文彦和武彦的关系已经非常恶劣，我丈夫在世的时候，他们一直隐瞒此事，等我丈夫去年8月因为蛛网膜下腔出血去世以后，他们就公然决裂了。11月20日，小夜子因为诽谤信自杀了，这成为他们决裂的决定性因素。12月1日，武彦离开了这个家。

"我丈夫一直盼着文彦和武彦能够向琢磨和琢也这对双胞胎看齐，然而现实中他们却步了我丈夫和龙司这对兄弟的后尘，而且，武彦也像龙司一样离开了这个家……"

贵和子夫人神色黯然地说完这些话，悲哀地摇了摇头。

第五曲

搜索之晨

1

22日早上7点。贵和子夫人、哥哥和我结束守灵，走进餐厅。

由于通宵守灵，我的头脑昏昏沉沉，哥哥却神色如常，不愧是喜欢通宵打麻将的人。贵和子夫人也几乎没有显露出疲态。我佩服地想，她外表看起来纤细柔弱，没想到骨子里如此坚强。

三泽纯子将早餐摆上桌。白米的清香令人陶醉。如果有可能，我真想一辈子住在这栋房子里。

这时，穿着煮饭罩衣的冈崎史惠朝餐厅走来。她迟疑地走到贵和子夫人面前。我原以为她是在食物方面有什么事情要商量，但似乎不是。冈崎史惠的圆脸上神色凝重，似乎有什么难言之隐。

"史惠，怎么了？"贵和子夫人柔声问道。

冈崎史惠一副扭扭捏捏的样子，数次欲言又止："那、那个……"

"什么事？有话就说吧。"

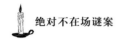

"那个，我之前一直没提，但其实有件关于立花的事想跟您说……"

又是立花。他还真是一个话题人物。

"立花怎么了？"贵和子夫人问道。

冈崎史惠却犹犹豫豫，难以开口。

"你不说我怎么能知道呢？史惠，立花到底怎么了？"

听到女主人问，厨师终于开口："其实前天晚上9点，我看到立花偷窥文彦少爷的卧室了。"

我愕然地盯着冈崎史惠。哥哥好像也很吃惊，停下了手中的筷子。贵和子夫人也一脸疑惑，但是仍旧语调沉稳地问道："此话当真？"

"嗯，当真。"厨师在我们的注视下，僵硬地点了点头。

"你把详细情况说一下。"

"那天晚上9点左右，我在厨房做好第二天早餐的准备工作，就去院子里散步了。当时文彦少爷的卧室里不是有灯光吗，我一开始还以为是窗帘没拉呢，谁知走近一瞧，却发现是窗户没关。这么冷的天，怎么不关窗呢？我当时挺惊讶的，可是没想到后面还有更让我惊讶的事呢。居然有人正在窗户那儿偷窥文彦少爷的卧室！"

"那个人就是立花吗？"

"是的。"

"立花后来做了什么？"

"他东张西望了一圈，突然往我的方向飞快地走了过来。他好像没有发现我。我觉得被他看到不好，慌忙躲到了松树的后面。立花头也不回地从正门出去了。

"昨天早上，听说文彦少爷的遗体在卧室被发现了，而且死亡时间是前天晚上8点左右，我吓了一跳。立花偷窥卧室的时候，文彦少爷的遗体岂不是已经凉了？立花应该看到了文彦少爷的遗体啊。可是，我却完全没有听到警方因此审讯立花的消息。这说明立花并没有把看到文彦少爷遗体的事说出来。我很疑惑他为什么不说，也很想把看到立花的事情告诉警方，可是又有些害怕，所以就一直瞒到了现在。但是我实在瞒不下去了……我害怕事到如今再跟警方讲会被训斥，所以想先找夫人商量一下……对不起，我一直隐瞒到现在……"

冈崎史惠小心翼翼地望着贵和子夫人。夫人温柔地笑道："史惠，谢谢你愿意告诉我。"

"应该立刻去问一问立花！"我无比振奋地插嘴，"毕竟他在案发不到一小时的时候偷窥了现场，说不定发现了什么关键线索呢！你不觉得吗？哥哥。"

"是啊。"哥哥站了起来。

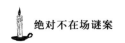

我问道："能告诉我们立花的住址吗？"

"我让安藤开车带你们过去。"

我们坐上戴姆勒，离开占部家的正门，沿着湖岸路向南出发。睡意已经彻底烟消云散。

右侧的琵琶湖沐浴在朝阳中，闪烁着粼粼波光，对于刚刚通宵过的我而言无比炫目。湖心的鱼笼旁漂着一条小船，渔民似乎正在捕捞进入鱼笼中的鱼。

经过一排排渔民的房屋，汽车开到了一片荒无人烟的地带。不，有一间破破烂烂的平房立在那里。

"咦……发生什么事了？"

平房旁边停着好几辆警车，几个我昨天在占部家见过的刑警正在平房里进进出出。我有种不祥的预感。

安藤将戴姆勒停了下来。我和哥哥下车以后，立刻往平房走去。贵和子夫人在安藤的陪同下跟过来。莲见警部从平房里走出来。

"贵和子夫人，您怎么到这儿来了？"莲见警部惊讶地问道。

"发生什么事了？"我问道。

"立花被杀了。"

2

昨天晚上 10 点 30 分左右，莲见去过占部家的守灵会之后，坐警车回到双龙镇警署。

下属们都在双龙镇警署的礼堂，他们今晚准备在这里过夜。也许是因为早上不到 9 点就离开大津，坐了足足五个小时的车，很累吧，即将退休的吴田部长刑警等人早早就钻进了被窝。

就在 12 点多准备熄灯之际，礼堂的门开了，双龙镇警署的一名刑警跑进来。

"立花守被杀了！"

睡意刹那间烟消云散。

"在什么地方被杀的？"

"在立花自己家中。"

"是谁发现的？"

"是我们署的出川巡查，他是在巡逻途中发现的。"

"我们也马上过去。"

莲见对躺在被窝里的下属们吼道："起床！"下属们陆陆

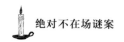

续续地从被窝里爬出来。听说立花被杀了，大家的神情都紧绷起来。

"不过，立花的尸体不见了。"双龙镇警署的刑警道。

"这话是什么意思？"

"出川巡查发现立花的尸体后，立刻就被藏在现场的凶手用疑似三氯甲烷的药品迷晕了。凶手好像在出川巡查昏迷期间，把尸体抛进了琵琶湖。"

"他袭击了出川巡查？出川巡查没事吧？"

"嗯，所幸没有生命危险。出川巡查昏迷了大概三十分钟，刚刚自己回来了。"

"可以问话吗？"

"控制下时间就行。"

"那我去问话。能麻烦你带我去出川巡查那里吗？"

莲见叫上池野刑警，让双龙镇警署的刑警带他们去一趟出川巡查所在的医务室。

蒜头鼻巡查脸色苍白地坐在椅子上。看到莲见和池野以后，他立刻低头行礼。

"真是飞来横祸啊。你感觉怎么样？"

"不太舒服，不过没有大碍。"

"不好意思，能麻烦你跟我们说一下情况吗？"

巡查点了点头，慢吞吞地说了起来。

当时是晚上11点多，出川一如既往地骑着自行车沿湖岸路巡逻。湖岸边住了很多渔民，因为需要早起干活，几乎家家户户都熄了灯。他只能借着星光和自行车的车灯看路。

马上就要骑到荒无人烟的一带了，那里唯一一间平房就是立花守的家。出川想起昨天傍晚，自己曾带滋贺县警察部的刑警们来过这里。

他突然觉得有些奇怪。平房的门开着，屋内透出灯光。现在这个季节，晚上的湖畔非常冷，不关门显得很奇怪。也不像是有人要出门的样子。

他感到一阵心慌，决定去看看情况。他把自行车停在平房前面，从敞着的门往屋内望去。

先是土间，然后是厨房，里面空无一人。出川看向对面那个六叠间，登时吓了一跳。只见立花仰面朝天地倒在榻榻米上。矮脚桌倒了，茶杯滚落在地上，玻璃碎得到处都是。火盆也打翻了，灰烬撒了出来。

立花保持着一种双臂贴在身体两侧的姿势，上半身被绳子一圈圈地捆了起来，左胸插着一个刀状物。

出川慌忙在土间脱下鞋，穿过厨房，跑到立花身边。立花的眼睛是闭着的，身体纹丝不动。插入左胸的刀四周都被血染

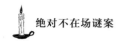

成了暗红色。出川摸了一下他被绳子绑在身侧的右手手腕，冷得惊人。这不是活人该有的温度，而且完全感觉不到脉搏。

骤然察觉到身后的动静，出川忙要回头，就在这时，有人用手臂勒住了他的脖子，并用一块湿布捂住了他的口鼻。一股甜味灌入鼻腔，出川失去了意识。

他在一股反胃的感觉中醒了过来，看了眼手表，已经11点30分了。他有三十分钟失去了意识。从那股甜味判断，他应该是被迫吸入了三氯甲烷。

环视屋内，他的心中骤然一惊。立花的尸体不见了。打翻的矮脚桌和茶杯、满地的玻璃碎片以及打翻的火盆都维持原状，唯独尸体不见了。

他检查过六叠间的橱柜，没发现尸体。在厕所里也找了，同样没找到尸体。厨房里也没有。是被搬到外面了吗？出川踉踉跄跄地站起来，冲到了外面。

沙滩上有拖曳尸体留下的痕迹。看样子前方似乎曾经停泊过一条小船，那条船被推进了湖中。看来凶手是把尸体搬到船上，去湖中抛尸了。出川骑上自行车，拼命地朝双龙镇警署的方向蹬去⋯⋯

"你确定立花死了吗？"

"是的，下官确定。"

"好的。我们马上赶去现场。你可以休息了。"

"不，请让下官一起去。"

"不要逞强。听说三氯甲烷会影响身体哦。"

"没关系。如果不去的话，下官会一直惦记案情，同样休息不好。"

出川巡查一副拼命的样子。莲见有些犹豫，他很担心出川巡查的身体状况，但是有他在场确实更有利于搜查。

"好吧。那你也一起来吧。"

*

滋贺县警察部的刑警们分别乘坐从大津开来的三辆警车，由双龙镇警署的警车开道，直奔立花家。

此时接近凌晨1点，家家户户都已熄灯。没多久，车子就开到了湖岸路，从一排排寂然矗立的渔民房屋前经过。右手边是广袤的琵琶湖，湖面在星光下泛着微光。

警车在立花家的平房前停好，莲见等人下了车。

呼出来的气息转瞬化为白雾。深夜的湖岸冻得人瑟瑟发抖，耳畔隐约传来阵阵涛声。

玄关门没有关，屋内透出灯光。莲见走进玄关，往里面看

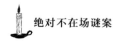

了一眼。

土间里面是厨房和六叠间，厨房的洗碗池内堆着脏兮兮的餐具，和他昨天下午4点多登门时看到的情况一样。

不过，六叠间里的情况却跟昨天截然不同。用柑橘箱裹上布做成的矮脚桌被打翻了，原本放在上面的茶杯滚落在榻榻米上。满地的玻璃碎片估计是劣质烧酒或者威士忌瓶的碎片吧。火盆也被打翻了，灰烬撒在榻榻米上。凶手和立花似乎在屋内搏斗过。

"和你刚刚看到的状态一样吗？"莲见问出川巡查。

"嗯，一样。"

"尸体当时在这个六叠间的哪个位置？"

"大概在这儿。"出川指着六叠间正中央的位置。

莲见命令同行的两名鉴定人员拍照和提取指纹，自己走到外面。

从玄关到沙滩有拖曳重物的痕迹。拖痕在接近湖边时突然消失了，取而代之的是小船停泊的痕迹，以及小船向湖中移动的痕迹。

凶手在六叠间捅死立花后，用绳子将他捆了起来。估计是想在绳子上悬挂重物，把他沉进琵琶湖里吧。凶手把尸体从家里拖出来以后，将其搬到小船上，划进了琵琶湖……

158

"可是，立花为什么会被杀呢？"吴田部长刑警开口道。

"案发当天下午5点左右，立花曾经去找占部文彦借钱。或许是他当时看见了或者听说了一些跟凶手身份有关的事情吧。"

"可是，在犯罪尚未发生的阶段，有可能看见或者听说跟凶手身份有关的事情吗？"

"或许是文彦当时告诉他，自己怀疑某个人是武彦吧。文彦遇害之后，立花曾经接触过那个人，然后被那个人灭了口……"

"言之有理……"吴田部长刑警点了点头，表情却并不认可。

莲见笑道："你一直不相信武彦是凶手的说法。"

"并非不相信，只是觉得这种说法有些像侦探小说，不能轻易相信。"

"我也不是全然相信。现在还不能彻底排除社长宝座之争以及劳工纠纷激化的可能性。"

没过多久，两名鉴定人员就走过来通知他们，照片取证和指纹提取工作结束了。于是莲见他们再次走进屋内。

他们想过立花会不会在日记之类的东西里记下凶手的名字，可惜立花似乎没有写日记的习惯。也有可能日记被凶手带走了，但是从昨天与立花短暂接触的印象判断，他实在不像是一个会写日记的勤快人。

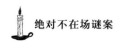

莲见他们调查了一个小时左右，就返回了双龙镇警署。夜间的现场取证条件有限，通宵工作也会影响后续的搜查。或许应该休息几个小时，在朝阳下再做一次现场取证。

3

莲见等人在双龙镇警署的礼堂小睡了一会儿，早上7点前，再次赶到立花家。

他们向双龙镇警署申请了两艘快艇，还请对方跟船头打声招呼，让渔民帮忙一起搜索琵琶湖。

莲见正在立花家中搜索，外面突然传来汽车的刹车声。他从窗口往外一望，吃了一惊。只见一辆漆黑的戴姆勒停在外面，从车上下来那对私家侦探兄妹，接着是占部家的司机安藤和贵和子夫人。他们怎么来了？莲见慌忙迎出去。

"贵和子夫人，您怎么到这儿来了？"

"发生什么事了？"川宫奈绪子问道。不知道是不是因为彻夜未眠，她年轻的脸上挂着一抹疲惫。

"立花被杀了。"

"我们来迟了一步！"川宫奈绪子叫道。

"'来迟了一步'是什么意思？"

贵和子夫人道："史惠……就是我们家的厨师，说在案发当晚，也就是前天晚上9点，曾经看到立花在文彦卧室的窗户外往里面偷窥。"

"立花偷窥？"莲见错愕道。

"立花应该看到了文彦的遗体，却什么也没说。所以，我想找立花问问，便跟川宫小姐他们一起过来了。"

莲见明白立花被杀的原因了。立花晚上9点偷窥了现场，发现了暴露凶手真实身份的东西，在跟凶手接触的过程当中被杀人灭口……

"警方是怎么发现立花的尸体的？"川宫圭介问道。

"是双龙镇警署的巡查在巡逻途中发现的。"莲见将昨晚到今早的事情经过简单讲了一遍。

"立花的尸体找到了吗？"

"还没有。目前双龙镇警署的快艇和渔民的船正在搜索，但是还没有找到。"

"凶手拖曳尸体的脚印是什么样的？"

"是男人的鞋印。从步幅判断肯定是男人。"莲见对贵和子夫人道，"我想找贵府的厨师详细问问，可以去贵府一趟吗？"

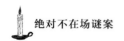

*

莲见等人到达占部家后，被贵和子夫人带到客厅。厨师冈崎史惠很快就被带了过来。

"过来吧，史惠。不用那么害怕。只要你实话实说，警部先生应该不会为难你的。"贵和子夫人温声说道。

冈崎史惠支支吾吾地将前天晚上9点看到立花偷窥文彦卧室的事情说了。

"这么重要的事，你为什么不早点说？"莲见听完瞪了一眼冈崎史惠。这个女人的愚蠢实在是令他火冒三丈。

"因为我讨厌告密……"她声音颤抖地辩解了一句。

"你要是早点说出来，我们就可以去审问立花了。"

"对不起……"冈崎史惠好像快哭出来了。

莲见痛心疾首地回忆起昨天下午4点多登门拜访立花时的事。当时立花告诉他，自己前天晚上8点30分被人从"黑猫"小酒馆赶出去以后，就醉得不省人事，什么都不记得了，实际上他9点却去了占部家。最可恶的是当时立花根本就知道凶手是谁，却装成一副什么也不知道的样子，莲见完全被他的演技蒙骗了过去。错就错在自己不该小瞧那小子，以为他只是一个嗜酒的无赖。

"凶手作案后就离开了，没有关窗户。从窗户往卧室里偷窥的立花，肯定不光发现了文彦先生的尸体，还看到了暴露凶手身份的重要证据。立花将那个证据拿走了。冈崎女士肯定就是在那时看见了立花。冈崎女士，当时的立花是什么打扮？"

"他穿着平时常穿的那件脏外套。"

"有带包之类的东西吗？"

"没有。他当时是空着手的。"

"这么一来，立花从现场带走的暴露凶手身份的证据，应该就是可以放进外套口袋里的小物件。然而立花没有找我们警方报告凶手的身份，而是选择了威胁凶手。可是凶手完全没有付钱的意思，而是在昨天晚上闯进立花家中，将那小子给灭了口。"

"立花偷窥文彦先生卧室时，看见的那件暴露凶手身份的重要证据，您觉得会是什么呢？"川宫圭介问道。

"估计是凶手平时随身携带的物品吧。可能是装饰品，也可能是钢笔。或是被害人和凶手搏斗时，从凶手衣服上揪掉的扣子，立花应该带着它离开了占部家。"

"在立花家里没有找到类似的物品吗？"川宫圭介又问。

"没有，凶手好像成功地拿回了证物 —— 冈崎女士，如果

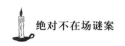

你能早一点说出来，警方就能够审问立花，说不定就能问出来他晚上9点在文彦先生的房间里发现了什么。如此一来，说不定案子已经破了，立花也不会被凶手杀害了。"

"对不起，都怪我……"冈崎史惠终于忍不住眼泪，她撩起罩衣的下摆按住眼睛，抽抽搭搭地哭了起来。

"史惠，别哭了。"贵和子夫人温柔地劝了厨师一句，看向莲见，求情般说道，"警部先生，您问完了吧？史惠她也不是故意隐瞒的……"

"好吧。不过以防万一，我还是问一句吧。冈崎女士，你昨晚都做了些什么？"

"从6点30分开始，我就一直待在厨房，为参加守灵的客人准备晚餐、收拾残局。当时跟我在一起的还有从镇上雇来帮忙的三个姑娘。收拾完残局以后，夫人说可以休息了，于是10点多我就让镇上的姑娘们回去了，自己也回了房间。"

"是吗？这里没你的事了。"

冈崎史惠向莲见和贵和子夫人鞠了个躬，用罩衣的下摆按住眼睛，离开了客厅。

莲见扫视了一圈剩下的人，说道："你们也要交代一下昨晚都做了些什么。贵和子夫人，不好意思，就从您开始吧。"

"我从7点起就在停灵的日光房陪守灵的客人。10点客人们都回去以后，我一直和川宫兄妹待在日光房。对了，10点30分左右，警部你们来了一趟。"

"哦，对。"

"后来我也一直和川宫兄妹在日光房守灵，直到今天早上。"

莲见看向川宫兄妹，哥哥圭介开口道："是的，正如贵和子夫人所言，一直到今天早上，我们都在文彦先生的灵柩前守灵，顶多是上厕所的时候离开过。除此以外，我们三个一直待在日光房。"

妹妹奈绪子也点了点头。据莲见判断，他们应该没有串供。这么一来，这三个人的不在场证明都能成立。

接着，他又命令池野刑警把女佣三泽纯子和司机安藤带过来，询问他们昨晚都做了些什么。

国字脸女佣口若悬河地说道："10点前我一直在给客人端茶倒水，收拾用过的餐具，忙得脚不沾地。虽然叫了镇上的姑娘们来帮忙，但是现在的年轻丫头只有嘴上功夫，实际上一点儿都派不上用场，搞得我焦头烂额的。10点30分左右，我带警部先生你们去日光房的时候，夫人对我说'你去休息吧'，我就回自己的房间了。"

"安藤先生，你呢？"

"我昨天晚上10点多就休息了。夫人对我说第二天的葬礼还

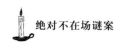

有的忙，让我好好休息。"美男子司机懒洋洋地抬眼回答。他的容貌与身段简直像是从电影里走出来的一样。

莲见险些陷入一种诡异的错觉，仿佛连自己也在电影当中。

"你说自己10点多就休息了，也就是说，后来你一直独自待在自己的房间里？"

"是的，没错。"

"好的，你们可以走了。"

三泽纯子和安藤鞠躬离开。

川宫圭介道："目前已经知道立花之所以被杀，可能是因为他知道了凶手的身份，并且以此威胁了凶手。如此一来，便要考虑下一个问题，那就是立花是什么时候接触凶手的。立花前天晚上9点知道了凶手的身份，昨天晚上11点多被确认死亡，那么他与凶手接触的时间，就在这大约二十六个小时之内。立花应该没有去哪里借过电话，所以他是直接跟凶手见面的。只要查一下立花在这二十六个小时之内的行动轨迹，是不是就能顺藤摸瓜找到凶手呢？"

莲见板起脸来："这种事用不着你提醒，我早就想到了。现在能确定的是，昨天下午4点多，我和下属登门拜访时立花在家。需要再调查一下他在其他时间段的行动轨迹。"

川宫圭介道："我和我妹妹一直待在占部家，立花并没有来参加守灵会。听说他是文彦先生的战友，我还以为他会来一趟呢。"

"我盘问立花的时候，立花说会有很多镇上的名流出席守灵会，所以他不打算出席。"莲见说完，看向贵和子夫人，"对了，听说21日晚上，文彦先生的守灵会是7点开始的？"

"是的。"

"几点散场的？"

"10点左右散场。"

"不好意思，您能告诉我守灵客人的姓名以及他们各自在守灵会上待了多久吗？不需要特别详细。"

"难道您认为凶手在守灵客人之中？"川宫奈绪子开口，"所以您问他们在守灵会上待了多久，是在调查他们的不在场证明？"

"没错。文彦先生之前把窗户和百叶窗锁上了，既然他主动开了窗，证明对方深受他的信赖。如此一来，对方就有可能是与他关系密切的人，这样的人出现在守灵会上也不足为奇。"

"我明白了。"贵和子夫人点了点头。

"首先是双龙镇的镇长，然后是湖都银行的行长，还有占部制丝的藤田专务、女工宿舍的舍监藤原依子女士……"

然后，她又逐一说出一些人的名字。有隔壁村镇的村长和

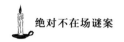

镇长，客户公司的社长和高层，占部制丝的高层、主要职员和工人。池野刑警将这些人记录在笔记本上。

"不过，不知道晚上7点到10点左右，他们是不是一直都待在守灵席上。毕竟来的人很多，就算有人离席我也不知道。"

川宫圭介道："如果整过容的武彦先生真的如恐吓信上所言，就藏在文彦先生身边的话，那么他最早搬到这个镇上的时间，应该是在东京杀害整形外科医生的第二天，即去年的12月14日。您去政府确认过迁入人员了吗？"

莲见再次板起脸道："用不着你提醒，我早有这个打算。只是昨晚到今早因为立花尸体的出现和消失忙得团团转，还没来得及去政府调查。"

"您调查完了，能将结果也告诉我们一声吗？"

"喂，你不觉得自己脸皮太厚了吗？"

"警部先生，我也想知道。拜托您了。"贵和子夫人说。

听到贵和子夫人温柔的语气，莲见挠了挠头："既然您这么说了，有结果我就通知您一声吧……不过，我仍然觉得武彦先生是凶手的观点仅仅是可能性之一。就算查询了迁入申请，说不定也不会有什么收获。"

4

占部文彦的葬礼下午2点钟开始。虽然有立花之死这个意料之外的插曲，但是因为葬礼早已筹备妥当，还是决定如期举行。场地和守灵会一样，还是在占部家的日光房。棺材停放在白茬木祭坛的前方。祭坛上点缀着许多白菊，中间立着遗像。

客人们跪坐在铺着毛毡的地板上。丧主贵和子夫人坐在棺材的正对面。身穿丧服的她美得如梦似幻。她不时掏出手帕擦拭眼泪。以藤田修造为代表的占部制丝的董事们陪伴在她左右。

我和哥哥坐在最后一排。我环顾四周，在稍远处看见了莲见警部和池野刑警的身影。莲见警部刚从我们身边走过去，就摆出一张臭脸。池野刑警看见我们，刚要露出笑意，但是一瞅见上司的臭脸，慌忙也板起脸来。

"找到立花的尸体了吗？"哥哥问道。

"还没有。不光是双龙镇警署的快艇，渔民们也在帮忙打捞，但是一无所获。"

"毕竟琵琶湖挺大的，凶手应该有无数可以抛尸的地方。"

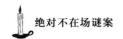

"可是，凶手使用的是立花家旁边的小船，应该没办法去太远的地方抛尸。"

"那条小船找到了吗？"

"也没有。"

"在立花家没有发现能暴露凶手身份的物品吗？"

莲见生气地摇了摇头："我为什么要老老实实地回答你的问题？你是我的上司吗？赶紧滚到一边去。"

我和哥哥垂头丧气地走开了。

没多久，龙星寺的住持就开始诵经，贵和子夫人率先上香，接着是占部制丝的董事们。再后来轮到了普通客人。我和哥哥也上了炷香，为没能保护好占部文彦表达歉意，并为他祈求冥福。

上香结束后，贵和子夫人作为丧主发表了致辞，葬礼落下帷幕。最后一个环节是出殡。由占部制丝的董事们将棺材从祭坛上抬下来，从日光房抬出来，经过走廊和大厅运到玄关。玄关外已经有殡车在等候。装上棺材后，殡车就静静地开走了。据说双龙镇的郊区有座火葬场。安藤驾驶的戴姆勒载着贵和子夫人和董事们，跟随在殡车后面。

日光房中，占部制丝的男员工们开始做葬礼的善后工作。他们拆除祭坛，将铺在地板上的毛毡卷起来。我和哥哥无所事事，也搭了把手。

6点前，贵和子夫人坐安藤的车回来了。她抱着骨灰盒的身影愈加如梦似幻。

那天晚上，贵和子夫人、哥哥和我三人在餐厅吃了素斋。贵和子夫人意志消沉，几乎没有动筷子，即便是这个时候，我和哥哥依然狼吞虎咽。

"我想明天开始调查。从文彦先生打开了卧室窗户这件事来看，武彦先生假扮的那个人应该是文彦先生信任的人，而且是去年12月14日以后搬到这个镇上的人。您对这样的人有什么头绪吗？"

哥哥问完，贵和子夫人陷入沉思。

"很遗憾，我没有什么头绪。"

"关于去年12月14日以后的迁入人员，警方应该会去政府调查，但是武彦先生未必提交了迁入申请。我们准备在镇子里逛一逛，打听一下。"

"麻烦你们了。"贵和子夫人的饭最终剩了一大半，她站起来，对过来撤餐具的三泽纯子道歉，"不好意思。"

"夫人，您没事吧？"三泽纯子担心地问道。

"嗯，身体倒是没大碍，就是没有食欲……"

"这也难怪嘛。"三泽纯子像是在说"你们真可疑"一般，目

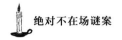

光锐利地瞪了我们一眼。

　　"虽然还不到7点，但是我想去休息了。纯子，你今天也早点休息吧。跟史惠也说一声。"贵和子夫人看向我们，"不好意思，我先回房了。饭不够的话可以再添，请慢用。"

　　她说完微微一笑，离开了餐厅。

　　我和哥哥又吃了一碗饭，才返回自己的房间。

第六曲

湖中男人

1

接下来的三天，我们的调查完全没有进展。

我们跑遍全镇，也没有找到不仅受到文彦信任，而且是在去年12月14日以后来到这个镇子的人。

可以住在占部家，还可以享用在这个时代只有在梦中才能享用的一日三餐，但我们却坐立难安。女佣三泽纯子似乎把我们当成了饭桶，将餐具摆到我们面前时动作非常粗鲁。

我和哥哥因为要在双龙镇打听情况，所以请贵和子夫人帮我们准备了两辆自行车。贵和子夫人说我们可以用安藤的车，可是如果接受了她的好意，我们会于心不安，还会放不开手脚，所以决定骑自行车到处转悠。

双龙镇没有遭遇过空袭，在看惯了到处都是焦土的东京的我们眼中，这里的街景无比美好。我们自认为是在调查，可是在旁人看来或许只是在观光吧。

在湖岸附近骑行，时不时能在湖面上看见双龙镇警署的快艇，估计是在搜索立花的尸体吧。

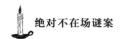

在立花家附近，我们碰见了莲见警部和池野刑警。

"你们在调查立花21日的行动吗？"我问道。

莲见警部臭着脸点了点头："是啊。没人见过立花出门，也没人见过有谁登门拜访立花。这附近除了立花家就没有别的人家，所以找不到目击者。"

"警方有没有联系过警视厅，确认去年12月13日的整形外科医生遇害案？"

"联系过了。我们决定派一名刑警去东京，不过要在找到立花的尸体之后。必须获得与案件相关的确切信息，才能专程派人去趟东京。"

"立花的尸体还没有找到吗？"

"双龙镇警署的快艇和渔民的船每天都在搜索，但是一无所获。"

"你们去政府调查过去年12月14日以后的迁入人员吗？结果如何？"

"还没去查——"

"还没查吗？"

"是啊，忙得团团转。"

我莫名觉得有些古怪，问道："警部先生，您没有什么事瞒着我们吧？"

"并没有。"他虽然这么说，声音里却透出一丝慌乱。这个人不擅长撒谎。莲见警部催着池野刑警上警车走了。

"他有事瞒着我们，绝对的。"我对哥哥道。

"是啊，绝对有事。不过也不知道是什么事……"

*

26日，我们为了寻找线索，去了一趟"小姐"咖啡馆。

"哎呀，欢迎光临。"

"你们来啦。"

姐妹俩在柜台后异口同声地说道。她们今天也系着围裙。

"听说你们是贵和子夫人雇来的侦探？居然是夫人专程从东京请来的，你们可真有能耐呀。我之前就觉得你们两个不是等闲之辈。"

"这句话明明是我说的。姐姐不是说他们两个像骗子吗？"

"哪有，我确实也说过他们不是等闲之辈。"

哥哥苦笑道："侦探确实有一半像骗子，所以说我们是骗子也行。而且我们也没有什么能耐，毕竟我们并没能保护好文彦先生。"

"别那么气馁嘛。所以，武彦先生果真是凶手？为了给小夜

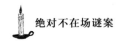

子报仇？"

"我们觉得这种可能性很大。"

"听说武彦先生在东京做了整形手术，伪装成别人，如今就在这个镇子里。"

"你们连这件事也听说了？"

"已经在镇上传开了。"

"关于最近跟文彦先生走得比较近的三十岁左右的人，你们有什么头绪吗？那个人或许就是武彦先生。"

"很遗憾，我们也没什么头绪。毕竟不是同一个世界的人嘛，我们跟文彦先生和武彦先生都没有说过话。"姐姐说道。

"武彦先生现在怎么样了呢？"妹妹问道，"现在整个镇子都在寻找武彦先生。虽然他做了整形手术，可是只要他是在去年12月14日以后来这个镇子的，就会被盯上。他现在肯定很无措吧。"

"你是在为杀了人的武彦先生担心吗？"

"就算他杀了人，也是为了报仇，还是有让人同情的分儿吧？"

"无论有什么样的理由，杀人就是不行。文彦先生太可怜了。"

文彦后援会的姐姐和武彦后援会的妹妹彼此怒目而视。

"好啦好啦。"哥哥打圆场道，"话说回来，你们认识第二个被害人立花吗？"

"嗯，认识。"姐姐说道。

"他来过我们店好几次，所以我有印象。"妹妹道。

"他是个什么样的人？"

"是个胡子拉碴、说起话来叽叽咕咕的人。"姐姐说道。

"他给人的感觉不太好。"妹妹说道。

"镇上的人很讨厌立花吗？"

"是啊。因为他一直在用超高的价格兜售来路不明的黑货，还一直跟一帮可疑的家伙厮混在一起。"

"比如那个'黑猫'小酒馆的老板娘。"

"那个老板娘一直瞧不起我们家的店名。她说：'小姐是什么意思？难不成是你们自己？建议你们照照镜子，换个名字。'不可原谅！"

姐姐大概是想起了过去的事，开始愤愤不平。

我们慌忙说了一声"谢谢"，离开了那里。

2

走出"小姐"咖啡馆以后，我们骑着自行车在商店街穿行，

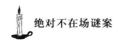

快要到站前广场的时候，突然看到有几辆警车从广场对面的双龙镇警署开了出来。

"等等我们！"我喊了一声，车却连停都没停，转瞬间绝尘而去。

好像是出什么事了。我和哥哥拼命地蹬着脚踏板追上去。正在路边玩易拉罐高跷①的小孩子们瞪圆眼睛看着我们。他们大概误以为我们正在比赛吧，在背后为我们呐喊助威：

"姐姐加油！"

"哥哥不要输！"

一骑到分岔路口，我们就向附近的居民打听："警车去了哪里？"只要告诉用怀疑的目光打量我们的居民，"我们是文彦先生雇的私家侦探"，对方就会开心地为我们指路。

我们就这样抵达了渔港。我整个人都大汗淋漓，气喘吁吁。

前面停着好几辆警车。在水鸟的叫声中，渔港的一角被刑警团团围住，而他们的外面又围了一圈战战兢兢的渔民。显然是发生了什么事情。

站在刑警中间的莲见警部看到我们，立刻皱着眉头走过来。

---

① 日本昭和时代的一种儿童玩具，在空罐子上打两个孔，穿上绳子，儿童可以拉住绳子，像踩高跷一样踩在罐子上玩儿。

"你们两个的侦探游戏还没玩够吗？"

"立花的尸体找到了？"哥哥问道。

"对。今天早上，有渔民发现他挂在了鱼笼上。就像出川巡查看到的那样，他的上半身被一圈圈捆住了，但是绳子的一头断掉了，原本疑似绑在上面的重物不见了。估计他本来被重物沉了下去，但是由于绳子断了，便从弃尸地点漂到了这里。"

"确定是立花的尸体吗？"

"损伤很严重，所以还不能断定，但是十有八九没错。"

"能让我们看看吗？"

"算了吧。状态很惨，普通人可见不得这个。我们有几个刑警都吐了。"

"状态很惨的尸体，我见多了。我妹妹也在东京的空袭中见过很多尸体。"

"好吧……跟我来吧。"

我们在莲见警部的带领下进入包围圈。包围圈中央有一个物体。

湿漉漉的毛衣和长裤下的皮肤已经泡得又肿又胀。面孔大概是遭到了水中生物的啃噬，损伤尤其严重，皮肤已经彻底不见了，有一部分露出森森白骨，眼眶里只剩下两个窟窿。只见他的左胸插着一把刀。一股恶臭扑鼻而来。

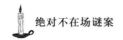

我有些想吐，但是拼命忍住了。我瞥了哥哥一眼，发现他正脸色苍白、目光发直地盯着尸体。他的目光仿佛越过眼前的这具尸体，正在看着别的事物。或许此时映在哥哥眼中的，是横尸遍野的战争光景吧。看到平时无忧无虑的哥哥这副模样，我深受冲击。

"损伤确实挺严重的。"哥哥喃喃道。

"脸被钩虾啃了。"

"钩虾？"

"一种小型甲壳动物。溺亡的尸体没有衣服包裹的部位，经常会遭到它们的啃噬。"

"他的脸都变成这样了，你们是根据什么判断这是立花的呢？"

"他的身形跟立花相仿，灰色毛衣和褐色长裤的衣着，也跟我21日下午4点多盘问立花时看到的情况一致。而且左胸插着刀以及上半身捆着好几圈绳子这两点，也都跟21日晚上11点多出川巡查看到的情况一致。虽然有必要确认一下指纹和血型，但是这具尸体是立花的可能性极高。"

"之后会做司法解剖吗？"

"会。我打算请负责文彦先生司法解剖的法医来做。之前让法医先回大津了，再喊他过来一趟吧。大老远地把他喊回来，他可能会大发雷霆，不过我不想交给其他人。这下你们满意了吧？搜查现场闲人免入。"他撂下这句话，将我和哥哥撵走了。

我们一边推着自行车，一边讨论从湖中打捞上来的尸体。

"哥哥觉得那具尸体真的是立花吗？"

"从莲见警部列举的几点来看，那是立花的可能性目前很高。"

"可是，尸体的脸已经破损到面目全非了呀。哪怕是别人的尸体，也不足为奇吧？"

"'存在是别人的可能性'和'就是别人'有本质区别。只要没有有力证据能够证明是别人的尸体，还是把它视为立花的尸体更妥吧。"大概是看我露出了不满的表情，哥哥笑道，"奈绪子觉得那具尸体不是立花的吗？"

"或许是凶手找了个和立花身形相仿的人，给他穿上一样的衣服后杀了他呢！"

"为什么呢？"

"咦？"

"他为什么要这么做呢？"

我一时词穷。我还没有思考到目的这一步。

"假如立花现在因为涉嫌谋杀文彦先生，正在被警方追缉，为了躲避，于是选择了诈死，那么他将别人的尸体伪装成自己

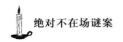

的尸体也可以理解。可是莲见警部已经确认过了，在文彦先生遇害的时间段，立花有确凿的不在场证明。立花并没有被警方追缉，所以他没有诈死的理由。"

"也是……"

"更重要的是，立花死了这件事是出川巡查确认过的。莲见警部说了，出川巡查触摸立花的时候他已经凉了，脉搏也没有了。"

"只要提前把身体弄凉不就行了？在腋下绑一个球，也能让脉搏暂停。"

"这些操作确实有可能性。但是刚刚我也说过，立花没有诈死的理由。这么一琢磨，还是把那具尸体视为立花比较好吧？"

"好吧……"

我其实也并不是想要积极地主张"尸体是其他人"，只是因为尸体已经是面目全非的状态，我才会认为或许存在这种可能性。我对那具尸体是立花的没有异议。

"那么，接下来怎么做呢？"我问道。

"目前看来没什么能做的呢。只能先等着尸体的司法解剖结果了。"

3

第二天，也就是27日上午，莲见警部、池野刑警、双龙镇警署的加山刑警来了趟占部家。因为贵和子夫人给双龙镇警署打电话，表示想要了解一下立花案的情况。这通电话是我和哥哥托她打的。

被引到客厅的莲见警部看见我们，皱眉说道："你们也在啊？"不过，在贵和子夫人让三泽纯子端来香浓的咖啡时，他的神色缓和了一些。

贵和子夫人说道："听川宫先生说，警方从体形、衣着、插在胸前的刀、捆绑上半身的绳子判断那具尸体是立花的。听说还准备确认指纹和血型，请问有结果了吗？"

"尸体的指纹也有部分破损，但是我们将没有破损的指纹与从立花家提取到的大量指纹进行了比对，确认是同一个人的。另外，在今年9月份双龙镇举行的献血活动中，绪方医院采集到的立花的血液是B型，尸体也是B型。这些都证明那具尸体就是立花的。"

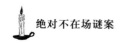

血型相同的人有很多，因此，用血型来判断是否为同一个人说服力较弱，但是指纹一致的说服力就强了。不过我意识到，哪怕指纹一致，也有可操作的空间。

"虽然你们比对了从立花家提取到的大量指纹，但是如果立花提前将其他人喊到自己家中，用适当的借口让对方在家中到处留下指纹，那样一来，就能让你们把其他人的尸体误认为是立花的了。"

莲见警部的神色变得很不耐烦："被要求做那种事，任何人都会产生疑心。除非对方过于老实，否则不可能会任他摆布。"

确实有道理。不过，我还有一点想要确认。

"21日晚上11点多，出川巡查看到了立花的尸体，还摸了他一下，可那真的是尸体吗？或者说，就算是尸体，又真的是立花的尸体吗？"

"出川巡查摸了立花的脉搏，确认他已经死亡，而且他的体温那么低，也不可能还活着。另外，出川巡查记得住本镇所有人的长相，所以不可能把其他人的尸体看成立花的。立花已经死亡，死亡的是立花，这两件事都毋庸置疑。"

出川巡查看到和摸到的是立花的尸体，从琵琶湖中打捞上来的也是立花的尸体，这两件事看来都没错。

"杀害立花和杀害文彦的会是同一个凶手吗？"贵和子夫人

问道。

"插在立花尸体胸前的刀和杀害文彦先生的刀是同一种，所以肯定是同一个凶手。凶手估计准备了好几把同样的刀吧。"

"立花是什么时候死的呢？"

"据法医说，是21日晚上10点左右到22日晚上10点左右的二十四小时之内。因为他在水中泡了好几天，所以无法进一步缩短时间范围。不过，出川巡查21日晚上11点多确认过立花的尸体，所以实际上可以把时间缩短到那天晚上10点到11点左右。"

那是客人已经离场，守灵者只剩下贵和子夫人、哥哥和我三个人的时间段。

"警部先生，我还能问个问题吗？您去政府调查去年12月14日以后的迁入人员，结果怎么样？"贵和子夫人问道。

我也点了点头说道："是啊是啊，您说自己忙得没空调查，现在已经过去好几天了啊。"

莲见警部明显紧张起来。他和池野刑警、加山刑警交换了个眼神，终于下定决心一般开口："我们去了趟镇政府，调查了去年12月14日以后迁入这个镇子的人员名单，符合条件的有十七名，其中八名是女性，四名是儿童，三名是身高一米六以下的男人，还有一名是个身高超过一米七五的大高个儿。有可

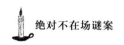

能是武彦先生的迁入人员只有一位。"

"请问是哪位？"贵和子夫人问道。

"安藤敏郎先生。"

"咦？"贵和子夫人似乎没有立刻理解他在说什么。然后，她的脸色陡然苍白。

"就是这里的司机，安藤敏郎先生。"

我和哥哥都很诧异。

"听说安藤先生是今年3月被贵府聘请的。安藤先生身高约一米六五，体形和武彦差不多。另外，他的年龄在三十岁上下，同样跟武彦一样。绪方医院的院长说，9月份在文彦先生的倡议下，全镇开展过一场献血活动，我心想安藤先生说不定也响应了献血的号召，于是就请院长帮忙查了查献血人员的名单，结果不出所料。根据名单上的记录，安藤先生是AB型血。这一点也能佐证安藤先生就是武彦。"

"您什么时候调查到这一步了？"哥哥问道。

"就在你们骑自行车玩侦探游戏的时候。"

我想起在立花家附近遇到莲见警部时，他那副有事瞒着我们的样子。原来他瞒着我们的是对安藤的怀疑呀。

贵和子夫人蹙起纤细的眉毛："您是说安藤就是武彦？绝无可能。武彦去年1月来到这个家，12月离开，他有将近一年的时间都跟我生活在同一个屋檐下。哪怕他做了整形手术，我也能够凭感觉认出他来。安藤绝对不是武彦。"

"安藤先生搬到这个镇上时，或许没有向政府提交迁入申请。"哥哥说道。

"不可能。我们跟镇上的人打听过了，所有去年12月14日以后搬到这个镇上的人，都向政府提交了迁入申请。"

在我和哥哥骑着自行车到处转悠的时候，警方已经调查得这么详细了吗？

"可是警部先生，在案发当晚9点，立花偷窥文彦先生的房间时，他看见的那件重要证据究竟是什么呢？表明安藤就是凶手的东西究竟是什么呢？"

"可能性很多，比如司机用的手套。或许安藤先生杀害文彦先生的时候戴着手套，但是不小心将手套遗落在了现场。立花一小时后偷窥现场时发现了那副手套，猜到了凶手的身份。"

"可是，案件发生后安藤也戴着手套。"

"司机用的手套应该有很多副，即便弄丢了一副，也不用担心暴露。而且，我说的手套只是一个例子。我将安藤先生视为凶手还有别的依据。文彦先生为了防备武彦，将自己房间的窗户和百叶窗上了锁。可是文彦先生后来却开了锁，将凶手从窗户放了进去。也就是说凶手是文彦先生信任的人。安藤先生是

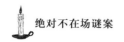

用人，所以文彦先生自然信任他。"

"文彦遇害在晚上8点左右，当时安藤的车一直停在开妇女会的小学外面等我。安藤不可能杀害文彦。"

"听着，我们并不知道安藤先生晚上8点左右是不是真的在车里。说不定他当时偷偷下车，徒步返回这栋房子，杀害文彦先生后又回到了车里呢。晚上从外面很难分辨车内是否有人，所以他应该不必担心暴露自己不在车里。而且，立花遇害的21日晚上，安藤先生说他10点多就休息了。从这里到立花家骑自行车只需十分钟，出川巡查发现立花尸体是11点多，安藤先生完全有可能行凶。"

"只要查一下指纹，就能立刻知道安藤不是武彦了吧？"

贵和子夫人说完，似乎意识到了这件事行不通。

莲见警部摇了摇头道："那是不可能的。听说武彦在离开这栋房子之前，处理掉了他的贴身物品，还亲自彻底地打扫了房间。其实双龙镇警署已经调查过了，武彦房间里的指纹被彻底清理掉了，无法通过指纹证明安藤先生不是武彦。"

贵和子夫人抿住嘴唇，陷入了沉默。

"您当初聘用安藤先生的经过是什么样的？"

"因为之前的司机年纪大了，想要退休，我就在报纸上刊登了招聘新司机的广告。当时有三十多个人来应聘，其中一人就是安藤。他的驾驶技术非常好，人也认真本分，所以我立刻就决定聘用他了。那是今年3月的事。"

"安藤先生说过他在那之前都在做什么吗？"

"据说他以前在国外给一位实业家当司机。今年2月回的日本。"

"说实话，这份说辞无法调查。他想怎么编就怎么编。"

"我把安藤叫过来，让他证明自己不是武彦。可以吗？"

"那就照您说的办吧。池野，把安藤叫过来。我已经让老吴①把他控制在车库了。"

老吴估计是他的一个下属吧。我对莲见警部的谨慎程度非常吃惊。

安藤立刻被池野刑警和一位看起来很老练的刑警带了过来，他那张端正的脸上浮现出不知所措的神色。

贵和子夫人对安藤强颜欢笑道："刑警先生好像对你有不合理的怀疑。我当然知道那不是事实，但是为了洗清嫌疑，希望你能老老实实地回答刑警先生的问题。"

"刑警先生怀疑我什么？"

"怀疑你就是武彦。"

---

① 原文为クレさん，是对吴田亲切的称呼。

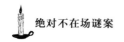

"……社长的弟弟吗？"

"是的。刑警先生怀疑你就是整容归来的武彦。"

安藤与其说是惊讶，不如说是无奈："……这种怀疑究竟从何而来？"

莲见警部说道："武彦之所以整容，是为了伪装成其他人接近他哥哥。也就是说，武彦可能以其他人的身份生活在这个镇上。武彦是去年12月13日接受整形手术的，所以他来到这个镇子应该是14日以后。再结合体形条件，与武彦相符的就只有你了——安藤先生。"

"武彦先生应该不会规规矩矩地提交迁入申请吧？"

"我们在双龙镇警署的支持下，掌握了所有12月14日以后搬到这个镇上的人的信息。他们全都提交了申请，不存在没有提交申请就搬到这个镇上的人。"

安藤陷入了沉默。

"安藤，你不是武彦吧？"贵和子夫人的话音里透着恳求。

"当然不是。"司机微笑着回答。

"你是3月来到这里的吧？在此之前你在哪里？"莲见警部问道。

"在大阪的都岛区。"

"再之前呢？"

"舞鹤。我之前在国外给一名实业家当司机，战败后被当地军队扣押，今年2月获释，乘坐撤离舰回到了舞鹤。我去大阪找工作的时候，在报纸上看到了招聘司机的广告，就过来应聘了。"

"有人能证明你被扣押到今年2月吗？"

"没有……跟我一起被扣押的人，在撤离途中就各奔东西了。"

"那就随我们回搜查本部一趟吧。详细情况到那里再说。"

安藤死死地盯着莲见警部，最终静静地点了点头。

"好吧——我跟你们走。"

"安藤……"贵和子夫人发出尖叫声。

司机看了一眼女主人，安慰道："夫人，请不要担心。我是清白的。警方肯定会还我清白。我很快就会回来的。"

"前提是你真的清白。"莲见警部带着歉意看向贵和子夫人，"抱歉，瞒着您调查了这么多，这是为了防止安藤先生逃跑——好了，我们也该告辞了。"

贵和子夫人茫然若失，似乎失去了回应的能力。莲见警部和池野刑警按着安藤的两条手臂，向警车走去。加山刑警和那名老刑警紧随其后。

我的脑子里乱成一团。不会吧，安藤敏郎就是武彦吗？

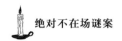

既然正在防备弟弟的占部文彦打开了自己房间的窗户，将凶手请进了房间，那就说明凶手是文彦信任的人。身为占部家司机的安藤确实符合条件。之前我一直没留意过他，难道他就是凶手吗？

我看了眼哥哥，只见他那张无忧无虑的脸微微皱起，正在静静地思索着什么。

4

这天下午4点多，我和哥哥陪贵和子夫人去了趟双龙镇警署，要求见莲见警部，询问安藤的情况。

"'我没有杀害文彦先生和立花''我不是武彦先生'，他只说了这两句话，后来就一直保持沉默。"莲见警部说道。

贵和子夫人恳求般问道："有确切证据表明事情是安藤做的吗？凶器上有安藤的指纹吗？在案发现场发现安藤的指纹了吗？"

莲见警部说道："无论是在武彦先生的房间，还是在立花的家中，都没有发现安藤先生的指纹。但是我上午也跟您说过了，去年12月14日以后搬到双龙镇的人员当中，性别、身高、年龄都符合武彦先生条件的人，就只有安藤先生。而且通过在镇上的走访也可以确认，去年12月14日以后搬到双龙镇的人，全都提交了迁入申请。"

贵和子夫人说道："或许是'整过容的武彦是凶手'的观点有误呢？文彦被杀应该另有原因。"

"不好意思，'整过容的武彦是凶手'的观点不是您自己提出来的吗？确实没有直接证据表明安藤先生就是凶手。所以，今晚我打算派下属把提取到的安藤先生的指纹送去东京。据说警视厅保存了去年在整形外科医生谋杀案现场提取到的指纹，所以我想请他们将那些指纹跟安藤先生的比对一下。还准备让下属调取一下整形外科医生谋杀案的详细信息。"

"今晚？请问是今晚几点的火车？"贵和子夫人问道。

"6点13分从双龙站发车的火车。先到米原，再换乘9点发车的快车去东京。我让他明天早上到东京以后直接去警视厅。"

贵和子夫人看向我们："不好意思，能请你们和刑警先生一起去趟东京吗？我想请你们也帮忙确认一下，安藤的指纹和东京案发现场的指纹是否一致，确认后请立刻拍电报通知我。"

莲见警部叹了口气："真伤脑筋啊。希望你们不要妨碍搜查。"

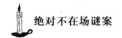

"不会妨碍搜查的,只是一起去趟东京而已。川宫先生,可以麻烦你们吗?"

哥哥表示"当然可以",我也点了点头。

哥哥问道:"可是,现在还能买到快车票吗?"

"米原站的站长和我死去的丈夫交情很好,我跟他打声招呼,他应该可以帮忙安排。"

第七曲

复兴之街

1

这天傍晚6点多，我和哥哥来到双龙站的站台上时，池野刑警已经到了。带安藤的指纹去东京的重任交给了他。池野刑警看见我们以后，拿包的手明显地紧了紧。安藤的指纹就装在里面，他估计是在担心会被我们抢走吧。

"晚上好。"哥哥笑吟吟地打了声招呼。

池野刑警一脸警惕地看着我们，小声回应："晚上好。"他将近三十岁，眉眼清澈，是个相当英俊的男子，可就是太胆小了。

列车到站后，池野刑警坐到与我们相隔很远的座位中。到米原站的时间是18点50分。我们在站内买了便当吃过以后，坐上了21点发车的东京方向的快车。车票是贵和子夫人帮忙买的，所以我和哥哥是二等座，可怜的池野刑警就只能窝在三等座里。滋贺县警察部似乎预算有限，所以出差都是三等座。

战后，作为蒸汽机车燃料的煤炭比战时更加紧缺，所以今年年初好像发生过快车被全面取消的事件。后来虽然恢复了，

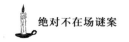

但是快车和特快的车次远远比不上战前。据说从米原发往东京的快车现在一天只有三列。估计是因为这个，别说是三等车厢了，就连二等车厢也相当拥挤。

快车抵达东京站的时间是第二天早上6点40分。阔别九天的东京站因为时间尚早，人流量还不算大，但是站内依然挤满了形形色色的人，有上班族、背着大件行李的采购商、复员军人、流浪者等。

东京站在前年5月25日半夜的空袭中被投放了燃烧弹，站厅的三楼部分、屋顶以及一部分站台都被烧毁了。下雨天，我曾经在东京站下车，刚到站台就必须打伞。如今这里已经修缮好了。但是三楼的部分似乎无法复原，站厅如今变成了两层建筑，原本极具特色的半圆形屋顶也被改成了八角形屋顶。

毕竟还不到7点，即使我们现在前往警视厅，案件的负责人也没有上班，但是池野刑警像是害怕安藤的指纹会被我们抢走似的，快步从丸之内中央口走了出去。看见前方笔直宽阔的行幸大街和对面的皇居，他惊讶地停下脚步，但是大概是察觉到了我们接近他了，他慌忙继续往前走去。我们也追了上去。

古怪的三人组沿着行幸大街往前走，在护城河前方往左转，便进入了日比谷大街。顺便一提，行幸大街被进驻军更名为

Avenue^① X，日比谷大街则被更名为Avenue A。

右手边是护城河，左手边是远东空军司令部进驻的明治生命馆、美国俱乐部进驻的东京会馆等，我们一路前行，没多久就来到了GHQ进驻的第一生命馆前方的十字路口前。日本如今的最高掌权人麦克阿瑟元帅每天都在这里办公，能够看到一些持枪的驻军士兵正在站岗。

池野刑警呆呆地仰望庄严的第一生命馆，趁此间隙，我和哥哥超过了他，在十字路口左转。发现自己被反超的池野刑警猛地追了上来。你是打算跟我们比赛吗？我不服输地加快了速度。右手边是护城河，左手边出现了日比谷公园，池野刑警和我以堪比竞走的速度不停地往前走。要是跑起来就输了。我们两个莫名地较起了劲儿，谁都没有跑起来。哥哥大概很无语，慢悠悠地跟在我们身后。

沿着护城河往前走，到处都是火灾后的废墟，左手边渐渐出现了一座顶着圆柱塔的气派的五层建筑。这就是搜查一课所在的警视厅，我们的父亲一直到昭和十四年都在这里供职。

巨大的正门两侧站着两名制服刑警。我们穿过玄关走了进去。我和池野刑警同时抵达。气喘吁吁的池野刑警在前台禀明

① Avenue，大街。——编者注

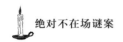

来意，由于负责人还没来上班，他便被暂时请到了一个小接待室。我和哥哥一脸"我们也是滋贺县警察部的人"的表情紧随其后。听说警视厅去年开始录取女警，所以滋贺县警察部有女警也不足为奇。池野刑警目光锋利地扫了我们一眼，但是什么也没说。他可真是个好男人。

"抱歉，久等了。"

快到8点时，接待室的门开了，有个四十五六岁的男人走了进来。是警视厅搜查一课的刑警。对方五官柔和，但是眼神锋利。一看到那张脸，我就立刻在心里"啊"了一声。

对方也注意到了我们，展颜笑道："圭介、奈绪子，好久不见啊。"

"好久不见。"我和哥哥低头致意。

父亲在前年5月24日的空袭中失踪后，我一直抱着微弱的希望，觉得父亲说不定会突然出现。但是等待了很久，父亲一直没有回来。哥哥去年4月复员回来了，我们便以此为契机，决定在5月把父亲的葬礼办了。因为不知道父亲警察时代的朋友的联系方式，我们便来了警视厅一趟，通知葬礼的日期，结果在葬礼那天，父亲原来的上司、同事和下属，一共来了数十人之多。其中之一就是这位后藤警部补，听说他曾经在父亲的手下任职。对了，记得在我和哥哥小时候，他来我们家里做过几次客。

"听说你们继承了令尊的事业，在做私家侦探呢。还顺利吗？"

"嗯，还算顺利。其实，滋贺县双龙镇一案的被害人是我们的雇主。"

"被害人雇用的私家侦探就是你们吗？能够被人从东京大老远地请到滋贺县，可真有你们的。"

"原来负责整形外科医生谋杀案的人是后藤警部补啊。真是太巧了。"

见哥哥和后藤警部补热络地聊着天，旁边的池野刑警瞪圆了双眼。"你们在警视厅有熟人吗？"他小声问我。

"这位是我爸爸以前的下属。"我回答道。

"令尊以前是警察吗？！"

"是的。家父以前隶属搜查一课。"

"川宫警官非常优秀哦。"后藤警部补插嘴道，"不过他看不惯特高越来越专横跋扈，昭和十四年就辞职了。"

"是吗……"

池野刑警看向我和哥哥的目光里瞬间充满了亲切。然后，他慌忙向后藤警部补做了自我介绍。后藤警部补也笑眯眯地做了自我介绍。

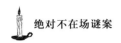

"那么，我们就来交换一下信息吧。事情我都已经在电话中听说了，那就先从我这边的整形外科医生谋杀案说起吧。"

尸体被发现的时间是去年的12月13日傍晚6点。是附近的主妇去增尾外科医院送晚餐时，发现了倒在候诊室地板上的尸体。被害人是院长增尾周作，五十六岁。虽说是院长，但其实院内医生只有他一人。推断死亡时间为当天下午5点左右。他被人用威士忌酒瓶殴打头部后，用绳子勒死。酒瓶和绳子上都没有留下指纹。

据附近的主妇说，大约十天前好像有一名患者入院。那名患者支付了一大笔钱，从那以后增尾的手头就突然变宽裕了。经查阅病历，发现只有一个人符合情况。12月3日，有个叫占部武彦的男人入院做面部整形手术。病房里也有患者居住数日留下的痕迹。

这个叫作占部武彦的患者失踪了，搜查组据此推断他就是凶手。可是有一个问题，那就是武彦通过整形手术换了张脸，而且病历上的术后照片被撕掉了，没人知道武彦现在变成了什么模样。病历上倒是登记了地址，但是经过调查，那个地址是伪造的。

警方走访了邻居，但是没有人清晰地看到过武彦。倒是有人透过病房的窗户看到过几次他的身影。据称那是个三十岁左右的年轻男人，但因为他满脸绷带，所以看不清长相。武彦住过的病房中的指纹全部被擦掉了。下午5点作案，主妇6点过来，若想在这段时间内把指纹全部擦掉，难度很大。所以，估计在作案前，他就已经在尽量避免留下指纹了，就算留下了指纹，也会立刻擦掉。

"那家医院没有护士吗？"池野刑警问道。

"很不巧，没有。被害人的妻子以前是护士，但是听说她受够了丈夫酗酒，离家出走了。被害人身为医生，原本前途可期，结果却落得个声名狼藉的下场，据说完全是因为酗酒。"

"武彦的病历当时保管在哪里？"

"办公室的文件柜。病历每年都会按照日期从旧到新的顺序存放进去。文件柜里那份日期最新的病历就是武彦的。"

"能让我们看一眼病历吗？"

"可以啊，请稍等。"

后藤警部补站起来，很快就拿着一张纸回来了。

"就是这个。"

池野刑警、哥哥和我探头看向武彦的病历。

最上面一栏写着姓名、出生年月日、性别、血型、住址等。

姓名：占部武彦

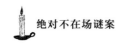

出生年月日：大正六年7月8日

性别：男

血型：AB型

住址：淀桥区东大久保四丁目二番地二号

这个住址是伪造的。

下面一栏是入院日期和出院日期的登记栏，分别用阿拉伯数字写着"昭和21年12月3日""昭和21年12月13日"。再下面一栏是诊断栏，里面写着几句德文。听说医生是个酗酒男，没想到字体还挺工整的。诊断栏右侧是术前和术后照片的粘贴处。

"增尾甚至在医院里设了一间暗房，用来冲洗患者的术前和术后照片。不过，增尾的相机不是胶片机，而是使用感光片的老式相机。据说增尾年轻时在德国留学，在那里喜欢上了玩相机。他好像更喜欢感光片机，对新型的胶片机不屑一顾。不过，胶片机在胶卷用完之前无法冲洗，所以用来冲洗病历用的照片不够方便，估计他是出于这个原因才不用的吧。"

术前照片上印着占部武彦那张熟悉的脸。单眼皮、塌鼻梁、尖下巴，颇有辨识度，是个相当英俊的男人。可是，术后照片的粘贴栏中却一片空白。病历纸上只有那里有些起毛。因为原本贴在上面的照片被硬撕了下来。

"武彦为了不暴露自己手术后的面孔，把术后照片给撕掉了。"

"感光片没有留下来吗？"哥哥问道。

"没有。感光片之前被保管在暗房里，武彦只带走了他自己照片的感光片。他着实是一个细心的男人。我们当初觉得就算武彦做了整形手术也无所谓，一个人不可能通过整形手术彻底换一张脸。可是，在询问过增尾在医科大学时期的同窗之后，我们才知道这种想法太天真了。据说增尾在德国留学期间，师从被誉为整形外科第一人的劳特·休伯特博士。增尾的手术技术甚至令博士都感到惊叹。增尾的每个同学都这样说——只要那小子有心，就能打造出一张与本来面目截然不同的脸……"

"增尾的技术这么好吗？"

"好像是的。我们当时不知道这个叫占部武彦的男人变成了什么模样，甚至不知道他的本名和籍贯……完全是一头雾水的状态，不过大约两个月前，我们总算有了进展。我们确定了武彦的身份。"

"怎么确定的？"

"有个自称武彦朋友的男人造访了警视厅。他叫黑木和雄，最近才刚刚复员回来，听说他是在翻阅旧报纸时，得知了武彦犯下的凶案。我们听了黑木的话，总算知道了武彦的身份。不过，就算知道他的身份也无济于事。因为武彦的亲朋好友在前年3月10日的空袭中几乎死光了。据黑木说，武彦有个叫文彦的双胞胎哥哥，不过那个哥哥也被陆军征召了。我们去复员厅打听了一下，得知文彦在前年11月初由棉兰老岛登陆博多，在复员机构待过一阵子。不过他离开那里之后的行踪，复员厅也不得而知。对了，听说你们这次发现了疑似武彦的嫌疑人？"

"是的，那个人就是文彦先生的司机。"

"司机？"

"我们带来了他的指纹，想麻烦您把它跟在增尾谋杀案现场发现的指纹做一下比对。"

池野刑警从包里取出信封："这里装着的就是印有司机指纹的明胶纸。"

"我去让鉴定人员比对一下。"

后藤警部补接过信封，离开接待室，但是很快又回来了。

"能稍等二十分钟左右吗？"

我们又闲聊了一会儿，终于有个穿白大褂的男人出现了。估计是鉴定课的课员吧。白大褂男人对后藤警部补说道："那枚指纹与留在增尾谋杀案现场的任何指纹都不一致。"

"是吗？谢谢。"

穿白大褂的男人鞠了个躬，离开了接待室。

如此一来，就不能断定安藤就是武彦了，可是也无法断定安藤不是武彦。杀害了增尾的武彦将自己留在凶器——酒瓶和绳子上的指纹、自己住过的病房里的指纹都擦掉了。既然如此，在留在增尾谋杀案现场的指纹中，没有武彦的指纹的可能性就很高。所以，也不能因为跟这些指纹匹配不上，就断定安藤不是武彦。

2

后藤警部补问我们有没有吃早餐，得到否定的答案后，便安排我们在警视厅的食堂吃了顿饭。随后我们和池野刑警前往邮局，分别给占部家和双龙镇警署拍电报，告知他们指纹比对的结果。

大概是已经将安藤的指纹安全地交给了后藤警部补，又得知我和哥哥的父亲原来是搜查一课的刑警，池野刑警对我们不再那么戒备。我、哥哥以及池野刑警决定结伴而行，去一趟后藤警部补告诉我们的黑木和雄的住所。

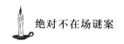

　　我们在东京站搭乘省线电车山手线，前往惠比寿站。电车沿线到处是火灾后的痕迹，有一些临时搭建的建筑物渐次映入眼帘，池野刑警的眼睛都瞪圆了。

　　在惠比寿站下车以后，步行十分钟左右，就到了黑木居住的公寓。这是一栋在废墟上建造的简易二层小楼。不过，考虑到如今东京的住宅紧缺情况，能够住在这里估计已经很走运了。

　　我们敲了敲廉价的木门，等待片刻，有个三十岁上下、瘦骨嶙峋的男人出现了。他身上裹着件脏兮兮的军服。大概是刚刚起床，男人打了个哈欠，有些不耐烦地看着我们："推销的吗？我什么都不买哦。"

　　池野刑警向他展示了一下警官证。

　　"我们是滋贺县警察部的人。关于你的朋友占部武彦先生，有些情况想找你了解一下。"

　　黑木脸上浮现出惊愕之色。

　　"滋贺县警察部？为什么是滋贺县……是武彦在滋贺县犯什么事儿了吗？"

　　"黑木先生，大约两个月前，你因为占部武彦的事去过一趟警视厅吧？我们是听说了这件事来找你的。"

　　"我在睡觉……不过可以给你们十分钟的时间。"

　　"谢谢。其实，你在报纸上看到的整形外科医生谋杀案，只不过是这个案子的一部分。"

池野刑警先这么铺垫了一句，才简单地将案情介绍了一下。

"武彦杀了文彦……"黑木茫然地喃喃自语。

"文彦先生和武彦先生原本就关系不好吗？"

"是啊。我在商业学校和他们是同学，他们两个动不动就会较劲，谁也不肯服输。虽然是双胞胎——或许应该这么说，正因为是双胞胎，他们的关系才这么恶劣。他们的性格恰恰相反，文彦为人可靠，喜欢大家都围着他，武彦却总是喜欢独处。所以，文彦有很多朋友，武彦的朋友估计就只有我吧。可是，文彦和武彦无论是喜欢的发型还是喜欢的食物，全都一样。他们都喜欢梳背头、吃西餐，甚至连喜欢的女人都一样。真是令人想不通。"

"连喜欢的女人都一样……"

"是的。记得学生时代，学校附近有家米团店，我们放学后经常往那里跑。那是一对老夫妻开的小店，看店的是他们十七八岁的孙女，那姑娘特别可爱，所以我们去那里都是为了看她。武彦当时迷上了那姑娘，那姑娘对他好像也有意思。但是文彦却横插一脚，把那姑娘给抢走了。武彦是个性格阴沉、情绪莫测的男人，文彦却个性开朗，朋友众多，是学校里的大红人，所以也怪不得那姑娘会选择文彦——当我听你们说在那

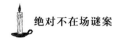

个叫双龙镇的地方，文彦对武彦爱上的女人心怀不轨的时候，我心想，又来了。"

站在武彦的角度，自己喜欢的两个女人都被哥哥夺走了，很容易想象到真山小夜子自杀时，武彦该有多愤怒。

我问道："武彦先生的身上有什么特征吗？行为特征也可以。你提供的线索或许可以帮我们锁定整容后的武彦先生。"

"身体或者行为特征吗？记得他以前好像很喜欢抱臂。"

我在记忆当中搜索一番，却没有在案件的相关人员中找到做过这种动作的人。

"你最后一次遇到武彦先生是什么时候？"哥哥问道。

"最后一次遇到他，准确说来是最后一次看到他。那是三年前，昭和十九年①10月。那是个天气非常晴朗的星期天，我去了一趟银座，然后，我在人群中看到了武彦的身影。武彦穿着国民服，独自在前面走着。我想跟他打声招呼，但是在人潮汹涌中把他跟丢了。后来无论是武彦还是文彦，我都没有再见过……"

---

① 即 1944 年。

3

离开黑木和雄的公寓以后，我们三人前往增尾外科医院。

根据贵和子夫人给我们看的去年12月14日的新闻报道，增尾外科医院的地址是王子区王子町，不过根据今年3月施行的新区制，王子区与泷野区合并后更名成了北区。最近的车站是省线电车的京浜东北线王子站。

不知道为什么，哥哥的神情有些恍惚。无论是在电车中，还是在换乘时，他跟周围的人发生了好几次碰撞，可是他既不道歉，也不生气，嘴里还咕哝着："不会吧……"

"哥哥，你怎么了？好像有什么心事。"

一到王子站，我就忍不住问道。哥哥含糊地"哦"了一声，缓缓开口：

"从刚才那位黑木先生的证词中，我突然想到一件事。"

"什么事？"

"一件只要跟黑木先生确认一下立刻就能知道的事。不过黑木先生说他想再睡一会儿，所以如果现在回去问他，估计会被

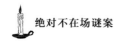

他骂一顿吧……"

"究竟是什么事呀？"

"一件可以将我们至今为止深信不疑的事情推翻的事。它会彻底改变案件的面貌。"

我试着回忆了一下刚刚与黑木和雄的会面。文彦和武彦学生时代的事、武彦行为特征的事、黑木出征前在银座见过武彦的事……好像没有什么特别奇怪的内容。

"……难道刚刚我们见到的人其实是武彦？"

"怎么可能？"

"后藤警部补不是说了吗，增尾医生的整形技术登峰造极，甚至令他在德国留学时的恩师都感到惊叹。医大时期的同学也都说：'只要那小子有心，就能打造出一张与本来面目截然不同的脸。'听说过这些以后，我就总是忍不住觉得遇到的所有人都像武彦……"

"听着，武彦是目前住在双龙镇的人，不可能是黑木。"

"也是。可是他究竟是谁呢？莲见警部不是说了吗，他在镇政府查过去年12月14日以后搬到双龙镇的人员，符合条件的人有十七名，其中八名是女性，四名是儿童，三名是身高一米六以下的男性，一名是身高超过一米七五的高个子男性，剩下一名就是安藤先生。所以只能是安藤先生了吧……"

214

就在这时，我的脑海中突然闪过一个荒谬的可能性。

——其中八名是女性。

——只要那小子有心，就能打造出一张与本来面目截然不同的脸。

"喂，怎么了？"看到我突然停下脚步，哥哥疑惑地打量着我的脸。

"喂……哥哥，武彦获得的新脸，如果是一张女人的脸呢？"

"女人的脸？"

"没错。武彦会不会通过整形手术获得了一张女人的脸，伪装成了女人呢？既然增尾医生的整形技术登峰造极，那他或许能办到呀。莲见警部当时说，去年12月14日以后搬到双龙镇的人中有八名是女性，其中或许就有武彦。可是因为是女性，警察便排除了这八个人是武彦的可能性。而且这么一来，一直在防着弟弟的文彦先生会打开窗户也说得通了。因为文彦先生做梦也想不到弟弟会乔装成女人。"

池野刑警突然哈哈大笑起来，我立刻气呼呼地问他："有什么好笑的？"

"哎呀，不好意思。奈绪子小姐的想象力跟小说家有得一拼呢。"

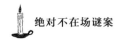

不要亲热地喊我奈绪子!

"小说家也不会有这种奇思妙想哦。"哥哥火上浇油道。

"到底哪里奇怪啦!"

"武彦乔装成女人,从根本上来说就是不可能的。因为男人有喉结,必须藏起来才行。声音也很难糊弄过去,要么掐着嗓子说话,要么就只能假装不会说话。还有身高的问题。武彦身高一米六六,作为女人是相当高的个子,肯定立刻就会被人注意到。不过,只要平时不跟别人接触,乔装成女人也不是不行。但是在双龙镇这种乡镇地区,一个女人独来独往,反而更惹人注目。只要想一想这些,就知道乔装成女人在现实中是不可能的。"

倒也是。我认可了他的说法。

"可是这么一来,武彦究竟是谁呢?他就只能是安藤先生了嘛。喂,哥哥,你意识到的那件事情究竟是什么?"

"还不能说。因为这个想法还需要一些补充材料才能成立。先去增尾外科医院附近走访吧,或许能从走访中获得那些补充材料。"

走出王子站,穿过车站前的黑市,沿石神井川西行几百米,就到了增尾外科医院。房龄目测有二十年左右,是一栋坚固的木结构二层建筑。看得出来,它以前是一座相当气派的建筑,但是常年疏于维护，院子里杂草丛生。去年12月13日，通过整形手术获得了一张新面孔的武彦，在这里杀害了唯一知晓自己秘密的外科医生，摇身变成了一个全新的人。

我的脑海中浮现出一个场景：黄昏时分，医院的玄关门静悄悄地打开，一个人影悄然溜了出来，他四下环顾了一圈，随即消失在了暮色中，而在那扇门后，已经变冷的外科医生的尸体，就那样静静地躺在地板上……当时，武彦究竟是什么表情呢？我想象中的武彦，只有面部依旧是一片空白。

增尾医院对面有一栋平房，上面挂着"古馆"的名牌。我们问了后藤警部补，得知发现医生尸体的就是这户人家的主妇。池野刑警敲了敲玄关门。

出来应门的是个四十五岁左右的女性。她穿着煮饭的罩衣，五官莫名有些像貉子。

池野刑警展示了一下警官证。

"我们是滋贺县警察部的人。关于去年12月13日发生在对面医院的那起案子，有些情况想要找您了解一下。"

主妇有些茫然。

"滋贺县？啊，那可真是远道而来……"

"详细的情况我不便透露，不过，您家对面医院的那起案子，牵扯到了滋贺县的一起案子。"

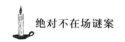

主妇脸上浮现出兴奋之色。

"你们尽管问吧。"

"您当时是怎么发现尸体的呢?"

"我受增尾医生之托,每天给他送晚餐。那位医生去年11月跑了老婆。他说早餐和午餐可以自己凑合一下,只有晚餐想正经吃上一顿,所以他想按月付钱,请我负责他的晚餐。说是负责他的晚餐,其实就是把我和当家的所吃的晚餐给他也送一份而已。那天我也去送晚餐了。可是我去敲玄关门的时候,医生没有像往常一样出来。我打开门往候诊室里看了一眼,结果发现医生倒在那里。我一开始还以为他是喝了点儿酒睡着了呢。之前就经常发生这种事,何况周围满地都是酒瓶的碎片。可是我走近一看,发现他居然死掉了,可把我给吓得够呛,立刻尖叫着逃了出去。"

"您一直在给他送晚餐吗?也包括住院患者的份儿吗?"

"是啊。"

"那个杀害医生的名叫占部武彦的男人,从去年12月3日住到了13日。您送晚餐的时候见过武彦吗?"

"见过几次。透过病房的窗户见过,进入候诊室的时候,还正好撞见他从病房里出来呢。"

我不由得身体前倾:"您见到他了?他当时是什么样子?"

"只知道是个年轻男人。毕竟他整张脸都裹着绷带嘛，能看到的就只有眼睛、鼻孔和嘴巴。他那个人鬼鬼祟祟的，让人特别不舒服。没想到这个患者居然杀了医生，现在想想真是毛骨悚然。"

"听说自从占部武彦入院后，增尾医生的经济状况就有所好转？"

"可不是嘛。他平时总是喝劣质烧酒，可是从那名患者入院的第二天起，他就开始喝从美国走私的威士忌了。那位患者好像付了一大笔钱。"

武彦付了那么多钱，难道说增尾医生给武彦做的整形手术难度很大？武彦接受的整形手术，究竟是什么样的呢？

"请问来找增尾医生的患者多吗？"哥哥问道。

"不多，找上门的工作好像勉强够他糊口而已。不过，那些患者来找医生做的，都不是他专业领域的整形手术，而是普通的外科手术。医生经常跟我抱怨，说很少有人找他做整形手术。我是去年元旦开始给医生送晚餐的，来做整形手术的患者1月有一个、5月有一个、9月有一个，加上12月的这一个，好像就没有别的了。他还哀叹这样下去自己的手都要生疏了。听说那位医生年轻的时候去德国留学，跟一位整形手术很厉害的博士学习过呢。可是站在患者的角度想想，别人再怎么吹捧他的技术，

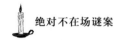

自己也不敢把脸交给一个风评不好的酒鬼医生摆弄吧?"

"是啊。"

"不过,生命中的最后一场手术是自己专业领域的整形手术,他也算实现了自己的夙愿吧?"这么说完,主妇自我认同地点了好几次头。

"谢谢。"哥哥道了声谢,拔腿就走。

我和池野刑警慌忙追了上去。

"喂,你不再多问问吗?只问那些就够了吗?"

"怎么了?不是才问了一半吗?"

我和池野刑警同时开口,哥哥回过头来。

"只问那些就够了。我已经问到我想问的了。池野警官,你现在可以自由行动了。"

"你想问的是什么呀?"我问。

"还记得我刚刚说过,我从黑木先生的证词当中,想到了一件可以彻底改变案件面貌的事吗?通过刚刚那位主妇的证词,我已经拿到了可以补充案件新面貌的材料。只要拿到它就够了。"

补充案件新面貌的材料?究竟是什么呀?从刚刚开始,哥哥就一直在打哑谜,真让人生气。

"喂,你快说呀!我快好奇死了。"我说。

池野刑警也催促道："是啊，不要那么吝啬，快告诉我们吧。"

"我要先找黑木先生确认一下我的想法再说。黑木先生估计还在睡觉，所以等天快黑的时候再去确认吧。坐了一夜火车也累了，奈绪子，我们先回大井町的事务所休息一下吧。池野警官，你要不要跟我们回事务所？虽然没有什么东西好招待的，但是我请客。"

我极度不甘心，跺了跺脚道："人家好奇得不行，怎么可能休息好！案子的谜题你全部解开了吗？武彦通过整形手术换了张什么脸，你也知道了吗？"

哥哥愉快地点了点头："是啊，解开了。案子的谜题，武彦通过整形手术换了张什么脸，全都解开了。"

第八曲

暴露的脸

1

11月30日下午3点多，在占部家的客厅，十一个人围着桌子而坐。贵和子夫人、冈崎史惠、三泽纯子、藤田修造、安藤敏郎、莲见警部、池野刑警、加山刑警、出川巡查以及哥哥和我。大家面前都放着一杯红茶，茶香袭人。

28日天黑前，我们又去找了黑木和雄一次，向他确认了某个事实。那个事实的确出人意料，将会使案件的面貌彻底发生变化。但是立足于该事实，案件的面貌究竟会如何变化，哪怕我和池野刑警苦苦相求，哥哥也不肯告诉我们。他的理由是："回到滋贺县以后，还得向所有相关人员解释，重复解释太麻烦了。"真是的，哥哥这人就是讨厌。

29日上午，我们回到了双龙镇。池野刑警向莲见警部汇报了从黑木那里确认到的情况，莲见警部好像非常错愕。他要求哥哥针对案件进行说明，哥哥却只是重复了一遍对我和池野刑警的那套说辞："要是您能把案件的相关人员召集到一起，我就说。"无论怎么威胁，他都不肯说，莲见警部无计可施，只好请

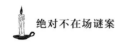

贵和子夫人将所有相关人员召集到占部家。

贵和子夫人一如既往地身穿和服，恭谨地坐在那里。冈崎史惠和三泽纯子陪伴在她两侧。

安藤被夹在池野刑警和加山刑警中间。大概是因为一直被当成嫌疑人看待，他的神色略显憔悴。

出川巡查可能是第一次来客厅，用赞赏的目光望着放在墙边陈列架上的黑漆描金的十三弦筝。

藤田修造不耐烦地看了眼手表，对哥哥道："小子，警方说凶手是这个司机哦。你打着调查的旗号到处搅和，该不会是想从夫人这里捞一笔吧？你要是有这个意思，本人可饶不了你！"

"藤田先生，不可以对川宫先生无礼。"

贵和子夫人口吻虽然温和，但是不容抗拒，藤田专务的身体瑟缩了一下。

哥哥将众人的脸扫视一圈，缓缓开口："感谢诸位聚在这里。在向诸位汇报我们在东京掌握的重大信息之前，我想先按照自己的习惯梳理一下这起案件。将这起案件的凶手视为占部武彦确实没错。与此同时，武彦先生伪装成的人物必须满足以下四个条件：

"第一个条件，武彦先生是去年12月13日从东京增尾外科医院出院的。因此，他伪装成的人物是14日以后来这个镇子的。

"第二个条件，武彦先生与文彦先生是同卵双胞胎，所以跟文彦先生具有相同的身体特征，即身高一米六六，AB型血。这些都是无法通过整形手术改变的特征。

"第三个条件，文彦先生正在防备武彦先生，可他却打开了卧室的窗户，这意味着武彦先生伪装成的人物是文彦先生深信不疑的人。

"第四个条件，立花守在文彦先生被杀害的一小时后到过现场，并且猜到了凶手的身份。凶手将有可能暴露自己身份的重大证据遗落在了现场。也就是说，武彦先生伪装成的人物携带着一件特征极其明显的物品，能够让人一眼就看出主人是谁。

"警方认为安藤敏郎先生满足这些条件。

"第一个条件，根据政府的记录，去年12月14日以后搬到这个镇上的人有十七名。经警方调查，其中八名是女性，四名是儿童，三名是身高低于一米六的男性，一名是身高超过一米七五的高个子男性。剩下一名就是安藤先生。

"第二个条件，安藤先生身高一米六五左右。另外，根据9月举行的献血活动的记录，安藤先生的血型是AB型。

"第三个条件，安藤先生是文彦先生的司机，所以他应该取得了文彦先生的信任。

"第四个条件，安藤先生一直戴着司机专用的白色手套。或

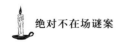

许他在作案时戴着手套，却不小心将手套遗落在了现场。立花或许就是发现了那副手套，由此推断出了凶手的身份。

"无论是文彦先生遇害时，还是立花守遇害时，安藤先生都没有不在场证明，而且他过去的履历成谜。

"警方提取了安藤先生的指纹，与遗留在东京的整形外科医生谋杀案现场的指纹做了比对。但是在遗留指纹中，并未发现与安藤先生一致的指纹。当然了，武彦先生可能没有把指纹留在整形外科医生谋杀案的现场，所以哪怕遗留指纹与安藤先生的指纹不一致，也不能说安藤先生就不是武彦先生。

"虽然目前安藤先生可疑至极，却缺少能够断定他就是武彦先生的直接证据。我认为他不是凶手，也只是源于我的直觉，没有证据支持。也有可能我的直觉是错的，他的确是凶手。

"将我从这片迷雾中解救出来的，就是文彦和武彦先生在读商业学校时的同学——黑木和雄的证词。他的证词中藏着一条重大线索。意识到这件事的时候，我才知道自己陷入了一个致命的错觉，并且明白了谁才是武彦先生。"

"不要再显摆了，赶紧说！"藤田不耐烦地催促道。

"马上就要说到了哦——黑木先生最后一次见到武彦先生，是三年前的昭和十九年10月。黑木先生在奔赴军营的前一天，为了留下最后的回忆，曾经去了一趟银座。当时，他在人山人海中看到了武彦先生身穿国民服独自行走的身影。黑木先生想跟他打招呼，但是因为过于拥挤，将他跟丢了。令我百思不得其解的就是这句证词。无论怎么琢磨，这句证词都很奇怪。"

藤田问道："哪里奇怪了？"

"听好了，文彦先生和武彦先生是同卵双胞胎。既然如此，他只是远远地看到了对方，应该认不出来对方是兄弟二人中的哪一个吧？又没有跟对方聊天，为什么会知道对方就是武彦先生呢？黑木先生第二天就入伍了，后来无论是跟文彦先生还是武彦先生，都再也没有见过面。所以他当时看到的是两兄弟中的哪一个，也无法向本人确认了哦。"

藤田脸上浮现出迷茫的表情，迟疑道："……是根据他身上穿的衣服区分出来的吧？"

"那是不可能的。根据黑木先生的证词，武彦先生当时穿着国民服。大家在战时也被严格要求穿国民服，所以应该很清楚吧？国民服是跟卡其色军服几乎一模一样的衣服，非常没有特色。穿着那种衣服，不可能分得出对方是哥哥还是弟弟。"

藤田说道："那估计就是根据发型区分的。"

哥哥否认道："那也是不可能的。因为根据黑木先生的证词，文彦先生和武彦先生的发型是一样的。"

"那就是同伴！当时武彦先生或许带着女朋友。只要看到女

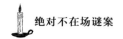

朋友，哪怕文彦先生和武彦先生是同卵双胞胎，应该也能区分出来吧？文彦先生总不能带着武彦先生的女朋友嘛。"

"那同样是不可能的。黑木先生说了，武彦先生当时是一个人，他无法通过同伴来区分兄弟俩。"

"那黑木和雄又是怎么区分出兄弟俩的呢？"我问道。

"我能想到的只有一种可能，那就是文彦先生和武彦先生虽然是双胞胎，却不是同卵双胞胎，而是相貌不同的异卵双胞胎。"

2

"异卵双胞胎？"

好几个人都不禁惊讶出声。

哥哥点点头道："是的。同卵双胞胎是一个受精卵在母体内由于某种原因分裂成两个胚胎，最终发育成两个孩子，而异卵双胞胎则是母体内同时排出两个卵细胞，这两个卵细胞同时受精，最终发育成两个孩子。同卵双胞胎的遗传物质完全相同，而异卵双胞胎的遗传物质并不相同，所以长相也并不相同。文彦先生和武彦先生是异卵双胞胎，原本就有着不一样的脸。所以，黑木先生在银座的人山人海中，虽然只是远远地看到了对方，且对方身上穿的是毫无特色的国民服，发型也跟文彦先生一样，但他还是认出了武彦先生。我们兄妹以及池野警官与黑木先生见面的时候，双方对'双胞胎'这个词有着不同的理解。我们脑海中想的是同卵双胞胎，黑木先生脑海中想的却是异卵双胞胎。关于此事，我们已经找黑木先生确认过了。"

11月28日傍晚，哥哥带着我和池野刑警再次拜访了黑木和雄，确认了这个事实。

"可是……"贵和子夫人迷茫地插嘴道，"去年的1月28日，来到双龙镇的时候，文彦和武彦完全是一个模子刻出来的呀。这件事镇上的诸位都非常清楚。"

"是啊。可是，文彦先生和武彦先生属于异卵双胞胎，这也是确凿的事实。这么一来，能够推导出的结论就只有一个，那就是武彦先生通过整形手术将自己整成了他哥哥的样子。"

"整形手术？"

哥哥点点头："是的。武彦先生是前年年底回日本的。武彦先生跟他哥哥商量之后，于第二年，即二十一年1月在增尾外科医院接受了整形手术。随后，二人以同卵双胞胎的身份来到了双龙镇。"

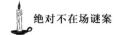

"武彦先生1月就做了整形手术？"藤田目瞪口呆。

"是的。据那位给增尾医生送晚餐的主妇说，增尾医生收治的整形患者，1月、5月、9月各有一位。其中1月份收治的那位患者，一定就是武彦先生。"

我不解道："可是，武彦先生为什么要做那种事啊？"

"这就要归因于占部家的传说和占部家家主龙一郎先生的迷信了。龙一郎先生体弱多病，一直担心自己死后，占部家只剩下贵和子夫人一个人。就在这时，他突然想起了占部家的传说——由双胞胎继承家业的时候，占部家会更加兴旺。与此同时，他又想起了三十年前听到的那则消息，就是弟媳绢江生下了双胞胎。于是他便决定找到自己的侄子们。

"文彦先生回到日本以后，在博多阅读报纸时看到了那则寻人启事，于是来到了占部家。就这样，伯侄三人有生以来第一次见到了彼此。龙一郎先生希望文彦先生能够和他弟弟一起继承占部家，文彦先生也欣然答应了这个请求。

"可是，当时文彦先生却很担心一件事。那就是文彦先生和武彦先生这对兄弟是异卵双胞胎，龙一郎先生想要的却是同卵双胞胎。龙一郎先生听说弟媳绢江生下了双胞胎的时候，想当然地认为是同卵双胞胎。因为占部家生下的双胞胎历来都是同卵双胞胎。无论是战国时代振兴占部家的兄弟，还是明治十年

成立占部制丝的琢磨和琢也兄弟，都长得一模一样。文彦先生
从报纸上寻人启事中的'同卵双胞胎'一词以及龙一郎先生的只
言片语中，察觉到了伯父的误会。

"文彦先生当初应该烦恼过吧。他可以将异卵双胞胎的事直
言相告，但是一旦直言相告，龙一郎先生说不定就会收回让他
们继承家业的决定。龙一郎先生之所以愿意让身上流淌着自己
讨厌的弟弟的血的人继承家业，就是因为他以为侄子们是长得
一模一样的同卵双胞胎。倘若他知道了真相，说不定就会改变
主意。

"在如今这个连明天都无法预料的时代，能够成为富商龙一
郎先生的继承人，对于文彦先生而言有着致命的吸引力。他无
论如何都不想错过这个机会。所以，文彦先生决定不说出他们
是异卵双胞胎的事。另一方面，他则让弟弟做整形手术，假装
跟他是同卵双胞胎。文彦先生和武彦先生本来就是异卵双胞胎，
因此哪怕他们相貌不同，体形却差不多，面部轮廓应该也很相
似。所以，只需通过手术调整一下五官，就能够轻而易举地伪
装成同卵双胞胎。前年年底，武彦先生复员回来以后，文彦先
生便向弟弟坦白了这个计划，武彦先生也很动心。于是第二年，
即二十一年的1月，武彦先生便接受了整形手术，变成了哥哥的
样子。"

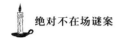

我插嘴道："可是，伪装成同卵双胞胎，这个计划未免也太大胆了吧？只要龙一郎先生稍微调查一下，他们就会轻易露馅儿吧？"

"他们并不需要担心露馅儿。因为在前年3月10日的空袭中，文彦先生和武彦先生的熟人和朋友差不多都死了。这世上已经无人知晓二人不是同卵双胞胎而是异卵双胞胎了，所以他们在占部家肯定不会露馅儿。不过，在两兄弟的朋友当中，只有黑木和雄一个人幸免于难，最后也是他的证词导致了兄弟俩的阴谋败露……"

"到此为止我听明白了。"贵和子夫人开口道，"所以，武彦在增尾外科医院做过两次整形手术？1月做过一次，12月做过一次。"

"我一开始也是这么想的。可是这么一来却会产生一个疑点：警方在增尾外科医院调查了存放病历的文件柜，只找到了武彦先生12月的手术病历，却没有找到1月的手术病历。"

贵和子夫人说道："1月的病历被武彦给拿走了吧？"

"真的是这样吗？如果他拿走了1月的病历，为什么没有把12月的病历一起拿走呢？只拿走1月的病历，却留下12月的病历，您不觉得非常不合理吗？"

"那么，究竟是怎么回事呢？"贵和子夫人问道。

"我的脑海中浮现出了一个非常大胆的假设——武彦先生会不会是篡改了1月的病历，将它伪造成了12月的病历呢？"

"伪造成了12月的病历？"贵和子夫人感到不解。

"简而言之，就是武彦先生只有1月做了整形手术，12月并没有做。"

"12月并没有做手术？"贵和子夫人更加疑惑。

"是的。武彦先生12月入住增尾外科医院的时候，并没有做手术。这十天时间，他仅仅是在脸上裹上绷带，躺在医院的病床上而已。据附近的主妇说，增尾医生这个时期好像收到了一大笔钱，手头突然变宽裕了，那是因为武彦先生给了医生一笔巨款，让他配合自己假装做了手术。附近的主妇说她见过满脸绷带的年轻男人，这也是武彦先生有意为之，好让她误认为自己当时做了手术。

"武彦先生13日杀害了增尾医生，随后篡改了1月的病历，不过跟我们先前设想的不一样的是，他并没有撕掉术后照片，而是撕掉了术前照片，同时将术后照片移动至术前照片栏，让术后照片栏空在那里。这么一来，就会让人误以为手术后的脸——和他哥哥一模一样的脸——是手术前的脸，即他本来的脸，这样别人就以为武彦先生和他哥哥是同卵双胞胎。

"接下来，他又将病历的日期从1月篡改为12月。病历日

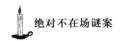

期是用阿拉伯数字写的，所以只要在'1'的右边添上一个'2'，就能将1月篡改为12月。至于日期，只要选择和1月同样的日期住院和出院，就没必要进行改动。接着他又在存放病历的文件柜中，将那份有问题的病历的位置从1月移动到了12月。

"他就是通过这些障眼法，制造出了'同卵双胞胎弟弟12月通过整形手术获得了一张别人的脸'的错觉。

"武彦先生12月13日之所以杀害增尾医生，就是为了强化这个错觉。因为如果整形外科医生刚被杀害，他这个住院的患者就失踪了的话，任何人都会想当然地认为，他在杀害医生前刚刚做过整形手术。

"他之所以谋杀增尾医生，估计还有一个目的，就是把警方的目光吸引到病历上。仅仅是在病历上动手脚，谁都不会发现。如果谁都没有发现的话，就没有意义了。于是他杀害了增尾医生，引起了警方的注意。请想一想，如果武彦先生试图隐藏手术后的脸，根本不需要撕下术后照片，只要把病历带走就可以了。他之所以没有这么做，就是想让搜查组看到病历，从而产生'同卵双胞胎弟弟12月通过整形手术换了张脸'的错觉。

"在日期中，也有可以识破武彦先生障眼法的线索。武彦先生是12月1日离开双龙镇，12月3日入住增尾外科医院的。12月1日离开双龙镇，意味着他抵达东京的日期是第二天，即12

月 2 日。可是，仅仅一天时间，他能找到一家技术高超、可以给
自己换一张理想中的脸的医院，并且住进去吗？这无论如何都
是不可能办到的。由此可知，12 月 3 日那次住院并不是他第一次
住院。武彦先生以前就知道增尾外科医院。这也可以间接证明，
武彦先生 1 月做过整形手术。"

　　贵和子夫人问道："武彦为什么要误导别人 1 月的手术是 12
月做的呢？"

　　"是为了杀害他哥哥呀。就像我刚刚说的那样，武彦先生通
过 1 月那次手术将自己整成了文彦先生的样子，是为了成为占部
家的养子，那是他和文彦先生合谋制订的计划。可是后来武彦
先生却对哥哥动了杀心，决定为了自己利用 1 月的那次手术。托
1 月那次手术的福，大家都认为武彦先生和文彦先生是同卵双胞
胎。那么，如果能够把 1 月的手术移动到 12 月，让大家以为武
彦先生 12 月通过整形手术换了张脸的话，又将如何？大家会认
为这个世界上不再有和文彦先生一模一样的人，可是实际上依
然有一个和他一模一样的人。而他就可以利用这种情形，在弑
兄之际想出各种诡计了。"

　　"不要再长篇大论了。"莲见警部焦躁地插嘴道，"你赶紧告
诉我们，武彦现在冒充的是什么人？"

　　"马上就要说到了哦。之前我们一直觉得，武彦先生通过整

形手术，变成了一张截然不同的脸。现在却知道实际情况恰恰相反，武彦先生通过整形手术，变得跟他哥哥一模一样。总而言之，长相与文彦先生明显不一样的人，就可以从武彦先生的候选人中排除了。之前我们一直认为，哪怕某个人的长相与武彦先生明显不同，但是因为他整过容，所以不能排除是武彦先生的可能性。但是如今已经搞清楚了，武彦先生整容后的脸和文彦先生相同，所以长相与文彦先生明显不同的人，就不可能是武彦。"

说到这里，哥哥环顾一圈，说道：

"就像我刚刚说的那样，这个镇上有可能是武彦先生的人只有一位，那就是安藤敏郎先生。可是，文彦先生是单眼皮，安藤先生却是双眼皮，所以，安藤先生不可能是武彦先生。"

司机憔悴的脸上浮现出如释重负的微笑。

"太荒谬了！"莲见警部道，"安藤不是武彦的话，那你告诉我究竟谁是武彦？"说完，他像是突然意识到了什么似的，表情一亮，"是这样啊……我明白了。虽然不知道具体是什么时候开始的，但武彦顶替了文彦先生，对吧？今年的文彦先生其实是武彦。他一定是依靠这种方式，夺取了占部制丝的社长之位！"

哥哥说道："不，并非如此。文彦先生并不是过着隐士一般的生活，作为占部制丝的经营者，他每天要见很多人，做很多决断。如果他被顶替了，会出现言行不一、突然失忆之类的情况，肯定会被发现。我说得没错吧？藤田先生。"

　　胖专务点了点头："你说得没错。武彦先生如果顶替了社长的话，包括我在内，周围的人肯定会发现哦。"

　　"可是，如果武彦没有伪装成文彦先生的话……武彦又会是谁呢？岂不是没有人了吗？"莲见警部纳闷地说道。

　　哥哥微微一笑道："没有人了吗？活着的人中，确实没有武彦先生的候选人了。不过，死人当中却有一个。"

　　"死人当中？"

　　哥哥说道："您还不明白吗？立花守就是武彦先生啊。"

3

　　现场一片哗然。每个人的脸上都浮现出难以置信的表情。

　　"立花守身高一米六五左右，又是今年2月来这个镇子的，所以满足是武彦先生的条件。还有长相，立花也和文彦先生一样是单眼皮、塌鼻梁。他的下半张脸被胡子挡住了，在那些胡子底下便藏着一张与文彦先生一模一样的脸。他的胡子是贴上

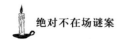

去的假胡子，鼻子上的红晕估计也是化出来的。他还利用戴眼镜、不梳头、让头发保持凌乱的方式，尽可能地改变了自己的容貌。"

"你说立花守就是武彦？怎么可能会有这么荒谬的事？"莲见警部失笑道，"立花守不可能是武彦，原因有三：其一，他的血型是B型，武彦应该是AB型；其二，他在文彦先生遇害的时间段，有确凿的不在场证明，晚上7点30分到8点30分，他一直在'黑猫'小酒馆喝酒；其三，立花被杀了。如果他是武彦，他又为什么会被杀呢？"

"其一——血型的问题，根据我刚刚说过的话，应该已经解决了啊。你们想想，文彦先生和武彦先生不是同卵双胞胎，而是异卵双胞胎。遗传物质不同的异卵双胞胎，血型不同也不足为奇。即使文彦先生是AB型，武彦先生是B型，也没有任何问题。

"既然聊到了血型的话题，我就顺便再补充一下修改病历的事吧。武彦先生是B型血，所以，增尾外科医院的病历上记录的原本应该是B型。但是，武彦先生去年12月杀害了增尾医生以后，修改病历时，在'B'的前面添加了一个'A'，改成了AB型，也就是和他哥哥相同的血型。因为如果不这样做，他就不能完美地伪装成同卵双胞胎之一了。"

　　莲见警部又提出一个疑问："其二——不在场证明的问题又该作何解释？立花有确凿的不在场证明。在文彦先生遇害的晚上8点左右，立花在小酒馆喝醉了，正在发酒疯。立花不可能杀害武彦先生。"

　　"可能……因为，文彦先生遇害的时间并不是晚上8点。"

　　莲见警部感到非常诧异："不是晚上8点？"

　　"是的。文彦先生的死亡时间是通过进食时间推断出来的，因为他是进食两小时后遇害的，而他吃晚餐的时间是傍晚6点，所以推断死亡时间为晚上8点。可若是他吃晚餐的时间不是6点，死亡时间不也会随之变化吗？"

　　莲见警部问道："什么意思？"

　　"意思就是6点和我们一起吃晚餐的占部文彦，是武彦先生假扮的冒牌货。"

　　"冒牌货？"我茫然地看向哥哥。

　　"是的。20日下午5点30分左右，乘坐安藤先生开的车从公司回到这栋房子的文彦先生是真的。可是，二十分钟后出现在我们所在的客厅的文彦先生却是假的。在这二十分钟的时间里，武彦先生顶替了他哥哥。莲见警部刚刚提出过武彦先生长期顶替他哥哥的假设。这个假设本身是错误的，但是顶替确实在极短的时间内发生过。"

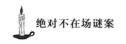

"口说无凭，你有证据吗？"

"当然有证据。奈绪子，你应该也看到了。守灵夜的时候，绪方医院的院长说过，那天文彦先生的右手食指在公司戳伤了，所以从公司回来的时候，顺路去了一趟绪方医院。可是，和我们一起吃晚餐的文彦先生却用右手握筷，吃饭时毫无障碍。你不觉得奇怪吗？右手食指戳伤了，应该不可能很好地握住筷子吧？"

我的心口一跳，脑海中骤然浮现出当时"占部文彦"的样子。"吃吧，不要客气。"他说完这句话以后，便将右手握住的筷子伸向生鱼片，动作优雅地吃了起来。从他当时用筷子的方式判断，他的右手手指毫发无伤……

"这么一来，就只剩下一种可能，那就是和我们一起吃晚餐的文彦先生，与不久前坐安藤先生的车回到这栋房子的文彦先生并不是同一个人。"哥哥说完，突然问三泽纯子，"听说20日下午5点左右，立花来找过文彦先生？"

"是的。我对他说文彦少爷还没有从公司回来，他却说要去文彦少爷的房间里等，擅自进去了……"

"文彦先生5点30分回到这栋房子，进入了自己的房间。当时立花正在房间里等他。我刚刚说过，立花就是变装后的武彦先生，文彦先生就是在这个时候被顶替了。武彦先生逼自己哥哥吸入三氯甲烷之类的麻醉剂，将他迷晕以后，立刻解除立花的乔装，假扮成自己哥哥。据说立花来这里时穿着脏兮兮的衣服，当时那身衣服底下肯定穿着假扮自己哥哥时的衣服——白色高领毛衣和浅驼色棉质长裤。随后他便以文彦先生的身份，出现在了客厅的我们面前。"

"他可真是胆大包天啊……"

"当时贵和子夫人问文彦先生：'立花好像来了，他找你有什么事吗？'文彦先生回答：'我告诉他家里来了重要的客人，把他赶走了。'那其实是赤裸裸的谎言。因为这般回答的文彦先生正是立花假扮的。"

哥哥再次问三泽纯子："那天傍晚，你看到立花回去了吗？"

"……被你这么一问，好像没见。我特别讨厌那男的，不会每一次都接送他。当时他神不知鬼不觉地不见了，我就以为他肯定是回去了……"

"可是他并没有回去，而是伪装成了文彦先生。傍晚6点左右，武彦先生接待了我和我妹妹，并且和我们在餐厅吃了晚餐。"

"所以，我去餐厅送晚餐的时候，坐在那里的文彦少爷其实是武彦少爷……"三泽纯子茫然地喃喃自语。

"武彦先生6点30分刚吃过晚餐，就进了文彦先生的卧室——在我们的保护之下。当时我们还查看过，武彦先生有没

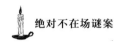

有藏在文彦先生的书房里。武彦先生看着我们的行动，内心应该在哈哈大笑吧。"

"哥哥，你刚刚说真正的文彦先生被迷晕在了卧室里，后来他又去了哪里呢？"我好奇地问道。

"就在卧室里哦。"哥哥说道。

"在卧室里？不可能吧。文彦先生——不，是武彦先生，他进卧室的时候，我们不是担心有人藏在房间里，特意查看过吗？当时不是没有找到任何人吗？"

"听好了，我们当时是以'有人自发躲藏'为前提查看房间的，所以只查看了床底下。可倘若不是自发躲藏，而是被谁关起来了的话，不是有一个可以藏下一个人的空间吗？"

我的心口一跳："衣帽箱？"

"没错。那个衣帽箱非常大，足以装下一个人。我们进入文彦先生卧室的时候，文彦先生就被关在那个衣帽箱里。然而，当时搜查入侵者的我们看见衣帽箱是锁着的，就认为里面不可能藏人。"

"所以，如果当时我们查看了衣帽箱……"

"或许就能救下文彦先生吧。"哥哥的声音沉下去，但他很快就振作起来，继续说道，"到了7点，武彦先生便逼迫被他关在衣帽箱里的哥哥吃了晚餐。此时的晚餐应该与武彦先生的晚餐完全相同——白米饭、生鱼片、盐烤西太公鱼、蛤蜊味噌汤、马铃薯沙拉、凉拌菠菜、桃罐头。他当时应该用刀抵着他哥哥，威胁他哥哥不许求救吧。逼他哥哥吃完以后，武彦先生又脱下自己身上的白色高领毛衣和浅驼色棉质长裤，让他哥哥换上，然后再次把他哥哥塞进了衣帽箱中。

"武彦先生重新扮成立花后，从窗户离开。7点30分到8点30分，他一直待在'黑猫'小酒馆，还通过假装喝醉、发酒疯的方式，故意给人留下了印象。

"9点，扮成立花的武彦先生从窗户返回文彦先生的卧室，将自己哥哥从衣帽箱中拖出来并且杀害。随后他又从窗户离开，回到了立花家。

"第二天早上，文彦先生的尸体被人发现。文彦先生被认为是前一天傍晚6点左右吃的晚餐。加上胃内容物是消化了两个小时左右的状态，文彦先生的遇害时间便被认定为晚上8点左右。误判的死亡时间比真正的死亡时间提前了一个小时。就这样，立花，也就是武彦先生的不在场证明成立了。

"当然，死亡时间的推算，不光要基于胃内容物的消化状态，还要基于其他各种各样的尸体现象，比如直肠温度的降低、尸斑等。可是因为发现尸体的时间是第二天早上，所以通过这些尸体现象推算出的数字范围比较大，就算推断出的死亡时间

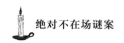

比实际提前了一小时，也没人知道。

"顺便一提，案发当晚9点，冈崎史惠女士撞见立花偷窥文彦先生的卧室，但是那个身影其实是弑兄后离开房间又回头确认的武彦先生。凶手进出现场的身影明明被你清楚地看到了，而你却认为被害人的死亡时间比那时要早，所以并不知道他就是凶手。真是令人啼笑皆非。"

冈崎史惠脸上毫无血色。这也能理解。如果当时冈崎史惠被立花——武彦看到了，说不定她也已经遇害了。

我问道："听说立花经常来找文彦先生，文彦先生知道立花就是武彦先生吗？"

"应该知道吧。毕竟是共同生活了三十年的兄弟，哪怕变装了，应该也能够从神态举止当中认出来吧。武彦先生以立花的身份回到这个镇子的时候，应该找过他哥哥，向他哥哥表明了自己的真实身份。至于自己为什么要扮成立花守，估计武彦先生编造了一个恰当的借口吧。比如自己在东京惹了黑道，在风波平定之前想要隐姓埋名，在双龙镇避避风头，希望哥哥不要把这件事告诉任何人。文彦先生做梦也想不到弟弟会对自己怀有杀意，也不希望弟弟再跟黑道牵扯不清，败坏家门的声望。所以，他接受了弟弟的行为，还给他提供资助。为了给这种行为找个理由，文彦先生还谎称立花是自己的战友。"

我又问道："可是，文彦先生也就罢了，镇上的其他人呢？他们没有发现立花其实就是武彦先生吗？"

哥哥说道："没有。因为武彦先生和立花所属的社会阶层截然不同，交际圈也完全不同。武彦先生身为占部家的一员，又是占部制丝的专务，交际对象主要是镇上的上流阶层。相对而言，立花却是兜售黑货的不正经掮客，他的交际对象则主要是镇上的平民。也就是说，熟悉武彦先生的人几乎不会跟立花来往，顶多是远远地见过，而熟悉立花的人从来没有跟武彦先生说过话，同样顶多是远远地见过。所以，没人知道武彦先生和立花就是同一个人。估计就是为了这种效果，武彦先生才会将立花这个虚构人物设定成一个不正经的小流氓吧。"

"被你这么一说……"池野刑警开口道，"立花经常去的那家叫'黑猫'的小酒馆的老板娘好像说过，她只是远远地见过武彦先生，没有跟他说过话。"

我也想起"小姐"咖啡馆的姐姐说过的话："毕竟不是同一个世界的人嘛，我们跟文彦先生和武彦先生都没有说过话。"

哥哥继续说："唯一的问题就是怎么糊弄贵和子夫人和三泽纯子女士，毕竟他来这栋房子的时候，必须跟她们打交道。不过，多亏他提前为自己打造了一个'风评不好的小流氓'的形象，她们同样不乐意跟立花说话，所以他的身份并没有被揭穿。

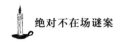

三泽纯子女士说过，立花是个说话含混不清的男人，那估计就是为了瞒过知道武彦先生声音的三泽纯子女士吧。"说到这里，哥哥开玩笑一般看向我，"不过，奈绪子，你敏锐的直觉倒是挺令我惊讶的。因为最先猜测立花是武彦先生的人就是你。当然了，那只是直觉，并不是从逻辑上解开案件的谜题后得出的结论。"

我的心绪无比复杂，就先当他是在夸我吧。

"原来如此，你的推理倒也说得通。"莲见警部不情不愿地承认道，"不过，还有一个无法解释的点哦。如果立花是武彦的话，杀害他的人又是谁？你该不会想告诉我，杀害立花的是一个与本案无关的人吧？"

"我可不会这么说哦。杀害立花的刀和杀害文彦先生的刀是同一种，所以两起案子显然有着密切的关联。"

"那么，是谁杀了立花呢？"

"那还用说吗，当然是他的同伙了。"

4

"同伙？他还有同伙？"

"是的。只要详细分析一下文彦先生谋杀案，就会知道武彦先生显然有同伙。就像我刚刚说过的那样，武彦先生在案发当晚7点，让他哥哥吃了和自己同样的晚餐。当时准备了那份晚餐的人又是谁呢？并不是武彦先生哦。武彦先生已经扮成文彦先生，在傍晚6点吃过晚餐了。如果仅仅过了一个小时，就又让人送晚餐的话，一定会遭到怀疑。所以，准备了文彦先生那份晚餐的人，也就是他的同伙，将自己要吃的晚餐给了文彦先生。而且，能做到这件事的人是占部家的成员。"

"你是说他的同伙是占部家的成员？"

"是的。"

我不由得看向在场的占部家成员。贵和子夫人的脸色有些苍白。厨师冈崎史惠惊疑地东张西望。女佣三泽纯子双手在身前交握，嘴唇紧抿。安藤敏郎冒出胡楂儿的脸上毫无表情。

"那么，同伙会是占部家的哪一位呢？锁定这个人的线索，

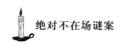

就藏在餐厅的晚餐当中。晚餐席上的文彦先生是武彦先生假扮的。所以，如果有人乱闯进来的话，就会妨碍凶手的计划。为了防止此事，必须把外人赶出餐厅。有一个人便扮演了这个角色——奈绪子，你应该记得吧？"

我点了点头。晚餐时，有个人对三泽纯子说要在餐厅聊一些私事，不需要服侍——

"是贵和子夫人吧……"

"没错。贵和子夫人就是武彦先生的同伙。"

众人的视线都集中在女主人身上。贵和子夫人宛如观音菩萨的脸上浮现出沉静的笑容。

"贵和子夫人没有在餐厅吃晚餐，而是让人把晚餐送到了自己的房间。可是实际上她并没有吃，而是把它转移到了别的容器里，悄悄地交给了武彦先生。就在6点30分武彦先生进入文彦先生的卧室之后，到6点50分贵和子夫人坐安藤先生的车去参加妇女会之前。文彦先生的房间在一楼最北端，贵和子夫人的房间在二楼最北端。也就是说，贵和子夫人的房间位于文彦先生房间的正上方。贵和子夫人估计是用绳子或线将餐盒吊着，从二楼自己房间的窗户，送给从一楼的窗户探出身来的武彦先生。她或许是用了备用的筝弦。晚上7点，武彦先生逼迫文彦先生吃下用这种方式取到的晚餐。"

"你说夫人是同伙？"三泽纯子发出尖叫一般的声音，"简直是胡说八道！您说句话呀，夫人！"

贵和子夫人安抚般对她点了点头："是啊，居然说我是同伙，太荒唐了。我有什么动机呢？"

"动机吗？文彦先生可是占部制丝的社长。或许你是看上了社长之位，又或许你和武彦先生是情人关系呢。"

贵和子夫人说道："如果我是同伙，为什么要在文彦遇害之后委托你们，还让你们在家里住呢？"

"因为你将我们当成了自己计划中的一枚棋子，打算利用我们呀。这件事我稍后再谈。

"在此之前，我先总结一下你和武彦先生的犯罪计划吧。谋杀的执行者由身为男人的武彦先生担任。可倘若只是单纯地杀了对方，会惹上嫌疑。所以，必须制订一个可以摆脱嫌疑的方案。你们绞尽脑汁想出来的是一个极为大胆且具有开创性的方案。

"这个方案便是让武彦先生先离开双龙镇，再以立花守的身份回到镇上，然后通过两道墙来对付警方的搜查。这两道墙，便是不在场证明之墙和血型之墙。

"不在场证明之墙，就是让警方认为武彦先生通过整形手术获得了一张别人的脸，再利用武彦先生和文彦先生长得一模一

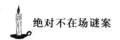

样这件事，为立花制造不在场证明。

"这个计划的特殊之处在于，受到不在场证明保护的是武彦先生变装后的身份——立花，而武彦先生真正的身份则被舍弃。只要让警方认为立花不是凶手就可以了，至于武彦先生凶手的身份会不会被识破，则完全无所谓。不光如此，你们还希望给搜查组留下武彦先生就是凶手的印象。"

"为什么？"莲见警部讶异地问道。

"只要武彦先生被认定为凶手，警方就会开始搜寻武彦先生的下落。这时，'血型为AB型'就会成为搜寻武彦先生的条件。由于警方认为武彦先生和文彦先生是同卵双胞胎，所以，B型血的立花就会被自动从武彦先生的候选名单排除，也就是说，会从嫌疑人的范围排除。这就是血型之墙。

"听说9月在文彦先生的倡议下，举行过一场全镇的献血活动，向文彦先生提议举行献血活动的那个人肯定就是武彦先生。因为想要建立血型之墙的武彦先生，希望能够将文彦先生和立花的血型不一致一事清晰地记录下来，而全镇的献血活动就是一个最理想的场合。

"为了让血型之墙发挥威力，就必须让人认为武彦先生就是凶手。因此，武彦先生通过几步棋，努力给人留下了自己就是凶手的印象。第一步棋，就是制造一个武彦先生想要杀害文彦先生的假理由。而这个假理由，就是真山小夜子的自杀。"

莲见警部问道："你说什么？真山小夜子的自杀不是武彦先生杀文彦先生的动机吗？"

"没错。武彦先生是小夜子小姐的男朋友，他因为小夜子小姐的自杀，一直对自己哥哥怀恨在心——当初有个人试图给我们灌输这个故事。她就是武彦先生的同伙贵和子夫人。在琵琶湖畔看到武彦先生和小夜子小姐接吻，询问武彦先生和小夜子小姐谈恋爱的事之后，他们承认对彼此是认真的——这些都是她编造的谎言。

"据说去年11月，武彦先生听说小夜子小姐的死讯时曾说'是你用那封信害死了小夜子'，狠狠地骂了文彦先生一顿，可那是在演戏。武彦先生当时肯定已经彻底制订好了犯罪计划。他想给周围的人留下这样的印象——他因为小夜子小姐的事恨他哥哥。

"据小夜子小姐当时寄宿的女工宿舍的舍监说，小夜子小姐办葬礼时，武彦先生也去了，当时他的眼睛哭得又红又肿。但那同样是在演戏。武彦先生那样做，是为了给周围的人留下自己和小夜子小姐是恋人的印象。

"舍监说过：'我之前完全不知道武彦先生在和那丫头谈恋爱，他们两个瞒得实在是太好了。'其实，她之所以不知道二人

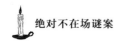

在谈恋爱，是因为压根儿没有谈恋爱这回事。那是小夜子小姐死后他们才捏造出来的假恋情。

"选择小夜子小姐的忌日作为杀害文彦先生的日子，也是为了让人们误以为她的自杀就是武彦先生的犯罪动机。这样一来，就能隐藏真正的动机了。而且，让周围的人以为武彦先生爱着小夜子小姐，还能隐藏武彦先生和贵和子夫人的情人关系。"

"可是，小夜子小姐自杀的时机也太巧了吧。如果她没有自杀的话，武彦先生打算怎么捏造杀害文彦先生的动机呢？"

我问完这句话，哥哥的脸色陡然阴沉下来。

"没错，她死的时机太巧了。我能想到的只有一种可能——小夜子小姐并不是自杀的，而是被武彦先生和贵和子夫人谋杀的。他们为了替武彦先生制造最合理的弑兄动机。"

"你是说他们为了那种理由，杀害了小夜子小姐？"我呆呆地问道。多么残酷的犯罪动机啊。

"贵和子夫人在教占部制丝的女工们弹筝。她应该就是在那种时候，谎称氰化钾的胶囊是某种药物，将它交给了小夜子小姐吧。估计小夜子小姐当时因为诽谤信的事心力交瘁、睡眠不足，精神状态也很不稳定，所以贵和子夫人便哄骗她那是安眠药或者精神安定剂之类的药。小夜子小姐对贵和子夫人的话深信不疑，晚上在女工宿舍吞下胶囊身亡。因为当时镇上有人到处散发针对小夜子小姐的诽谤信，所以大家都认为她是不堪其苦才自杀的。估计散发诽谤信的人也是武彦先生和贵和子夫人吧。这不仅能误导别人认为她是自杀，还能隐藏杀害文彦先生的真正动机。武彦先生和贵和子夫人制订的计划非常长远。"

这时，我突然意识到一件事。在20日的晚餐席上，"占部文彦"说他弟弟一心认为用诽谤信将小夜子逼得自杀的人是他。我当时问他："您真的没有送过诽谤信吧？""占部文彦"矢口否认："当然啦，我才没那个闲工夫呢。"可是，当时我却从他的口吻中感受到了一丝刻意和心虚，并且怀疑这个男人真的送了诽谤信。现在回想起来，那种怀疑在某种意义上是准确的。因为当时自称占部文彦的人——武彦真的送了诽谤信。

哥哥接着说："武彦先生为了给人留下自己就是凶手的印象，采取的第二个手段，就是写着'别忘了11月20日。你知道我为什么要换一张脸吗？我就在你身边'的信纸，以及整形外科医生谋杀案的新闻剪报。武彦先生通过这些东西，为我们制造出自己去年12月做过整形手术、换了张脸的错觉，同时给我们留下了自己试图加害文彦先生的印象。

"顺便一提，装有信纸和剪报的信封上留下的收件人姓名虽然是文彦先生，但是文彦先生本人并没有看到。估计邮递员刚把信送到这栋房子，就被贵和子夫人拿走并藏起来了。"

255

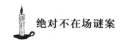

"可是，信纸和剪报上都黏附有文彦先生的指纹哦。"莲见警部说道。

哥哥说道："信纸、剪报和信封都是由贵和子夫人保管的。20日晚上，贵和子夫人将它们从二楼自己的房间，吊到正下方文彦先生的房间，交给了武彦先生。武彦先生杀害文彦先生之后，立刻将文彦先生的手指按在信纸、剪报和信封上，留下了指纹。他精心设计了位置，使那些指纹看起来就像是文彦先生拿起信纸、剪报和信封的时候留下的。因为按照设想的情节，在他接触过信纸、剪报和信封之后，还会拿给贵和子夫人看，所以必须在文彦先生的指纹上方，再留下贵和子夫人的指纹。所以，在留下已经死亡的文彦先生的指纹之后，武彦先生又让贵和子夫人将信纸、剪报和信封拉上去了，随后，贵和子夫人也在上面留下了自己的指纹。"

我问道："所以，20日下午，贵和子夫人在车里给我和哥哥看信纸、剪报和信封的时候，上面还没有文彦先生的指纹？"

哥哥答道："是的。贵和子夫人当时虽然触摸了信封，但是为了不留下指纹，估计提前在手指上涂了胶水吧，胶水晾干后会在手上形成一层保护膜。"

我庆幸道："幸亏当时哥哥是戴着手套接过信纸、剪报和信封的，如果哥哥没有戴手套，就会留下指纹吧？再黏附上文彦先生和贵和子夫人的指纹，二人的指纹就有可能出现在哥哥的指纹上方。如果警方看到的话，不就会知道在哥哥接触信封时，上面还没有文彦先生和贵和子夫人的指纹吗？虽然也可以考虑在哥哥接触之后将信纸、剪报和信封擦干净，但是如果那样做的话，就连邮递员的指纹也会消失，惹来怀疑，毕竟没有邮递员的指纹会很奇怪。关于这一点，贵和子夫人和武彦先生又是作何打算的呢？"

哥哥继续解释："贵和子夫人说，她是从她的朋友衣笠夫人那里听说我们的。衣笠夫人肯定也对她说过，我们的父亲原本是刑警。既然私家侦探有位刑警父亲，自然会注意指纹，戴上手套再触碰信封，这在她的预料当中。贵和子夫人假装不知道我们的父亲原本是刑警，但是事实上她肯定早就从衣笠夫人那里听说过了。"

对于这种连细节都考虑到了的犯罪计划，我佩服不已。

哥哥环视众人一圈，继续说道：

"文彦先生不顾贵和子夫人的劝告，不肯告诉警方自己遭到了武彦先生的恐吓，也拒绝让占部制丝的员工保护自己，这些话也都是谎言。如果告诉警方或员工自己遭到恐吓的事，估计警方或员工会和文彦先生交流此事，如此一来，武彦先生恐吓信的谎言就会被文彦先生识破。但是遭到恐吓的文彦先生既不

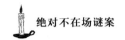

报警，也不告诉员工，显得非常奇怪。所以，贵和子夫人便找了一些借口，比如，如果报警就像是承认了武彦是杀人凶手一样，不认为弟弟会试图杀害自己，不希望高层之间的纠纷给下面的人做出不好的示范，等等，试图掩饰文彦先生既不报警也不告诉员工的可疑之处。

"就这样，武彦先生在贵和子夫人的协助下，通过不在场证明之墙和血型之墙，制订了一个可以保护自己的犯罪计划。不过，获得保护的是立花守这个新身份，武彦先生的身份则被牺牲掉了。这个犯罪计划大获成功。在文彦先生遇害之后，警方从不在场证明和血型出发，将立花从嫌疑人的范围排除掉了。"

莲见警部沉下脸，咕哝着辩解了一句什么。

而我仍有疑问："如果我们见到的文彦先生是武彦先生的话，贵和子夫人又为什么要雇用我们呢？"

哥哥答道："为了让我们做她的不在场证人呀。武彦先生伪装成文彦先生时，如果面对的是文彦先生身边的人，哪怕外表可以让对方觉得自己是文彦先生，但是只要一开口，就会暴露自己。也就是说，如果让文彦先生身边的人做不在场证人，会非常不自然，也会遭到怀疑。为了防止这种事发生，必须让不熟悉文彦先生的外人当证人。

"贵和子夫人写信委托我们，希望我们 11 月 20 日来双龙镇，可是仔细想想，如果她想让我们保护文彦先生以及寻找武彦先生，那我们11月20日当天过来就太晚了。既然她怀疑武彦先生伪装成别人生活在这个镇上，就应该早点把我们叫来，让我们搜查才是。但如果在11月20日之前将我们叫来的话，我们就会见到真正的文彦先生，而武彦先生的恐吓信并没有送到文彦先生手上的事就会败露。"

我不禁感叹："不过，他们还真是果断呀。毕竟贵和子夫人和武彦先生的犯罪计划，是以牺牲武彦先生这个身份为前提的。"

哥哥接话道："是啊。可是武彦先生对此毫不在乎。他想用新创造出来的立花守这个身份活下去，并没有任何犹豫。"

"为什么？"我问道。

"因为武彦先生想和贵和子夫人结婚呀。如果他一直是武彦先生，就没办法和她结婚。成为龙一郎先生养子的武彦先生，在法律上相当于贵和子夫人的儿子。可是只要成为立花守，就能够和她结婚了。"这时，哥哥盯着贵和子夫人道，"然而，武彦先生有一件事没有料到，那就是你的背叛。"

5

贵和子夫人的脸上浮现出轻微的动摇之色，但是她的眼神依然从容。占部家的女主人轻轻地笑道："您说立花的真实身份是武彦，又说我背叛了武彦，难道您觉得杀了立花的人是我吗？"

"没错。"

"居然说我杀了立花，简直是信口雌黄。川宫先生，有一件重要的事您怕是忘了。"

"什么重要的事？"

"立花的遇害时间不是21日晚上10点到11点多之间吗？可是在那个时间段，我正在日光房文彦的遗体旁守灵。当时您和您妹妹都跟我在一起，应该非常清楚才对。"

"是啊，当时你和我们兄妹在一起。"

"既然如此，我怎么可能杀害立花呢？"

没错，贵和子夫人有铜墙铁壁般的不在场证明。

然而，哥哥却丝毫不为所动，回答道："可是，你能做到哦。能够保证你的不在场证明成立的，是晚上11点多出川巡查发现了立花的尸体这个事实。可是正如我刚刚陈述过的那样，立花是武彦先生乔装打扮后的身份，立花的脸是易容而成的。既然如此，立花的尸体也有可能是用武彦先生以外的某个人的尸体装扮而成的。"

贵和子夫人反驳道："用武彦以外的某个人的尸体装扮而成的？这怎么可能呢？无论是谁乔装打扮，应该也很难相似到连出川警官都相信他是立花本人吧。"

"武彦先生通过整形手术，变得和文彦先生一模一样。所以文彦先生也能通过化妆变成立花。出川巡查晚上11点多所发现的立花的尸体，应该就是用文彦先生的尸体装扮而成的。"

莲见警部慌忙插嘴道："等等，你这话是什么意思？难道文彦先生的遗体在守灵时……"说着，他突然倒吸一口凉气，"不会吧……"

"看来您已经明白了。有人将放在棺材中的文彦先生的遗体搬出来，运到了立花家，将其伪装成了'立花的尸体'。那个人给尸体换上立花的衣服，化上立花的妆，又在其原本就有刺伤的左胸插上了一把刀。贵和子夫人一直和我们在一起，所以做这些工作的人应该是武彦先生。"

对尸体进行二次利用吗？对于这种过于亵渎的行为，我感

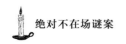

到不寒而栗。

"文彦先生的遗体完成司法解剖，回到占部家的时候，贵和子夫人让人把棺材送到举行守灵会的日光房，并以整理遗容为借口，在房间里待了十分钟左右。就是在那个时候，武彦先生将文彦先生的遗体从棺材里搬了出来，然后运出了占部家。"

"运出？他到底是怎么办到的？"我问道。

"通过琵琶湖呀。"

"通过琵琶湖？"我疑惑不解。

"日光房的窗户是法式落地窗，所以凭借男性的体力，是可以将遗体拖到院子里的。而且院子里还有一个池塘，通过水闸与琵琶湖相连。贵和子夫人亲口说过，他们春夏时节会划着船，从池塘到琵琶湖中游玩。

"贵和子夫人提前把水闸打开了。傍晚，武彦先生就划着立花家的小船，从水闸进入占部家，然后将小船藏到池塘边的小屋里。等到文彦先生的遗体完成司法解剖回来以后，贵和子夫人就以整理遗容为借口，进日光房待上十分钟。当时，贵和子夫人应该通过落地窗打了暗号吧。藏身小屋的武彦看到暗号，便从落地窗闯进日光房，将遗体拖到小船上，划向立花家。在此期间，贵和子夫人应该就站在门边，亲自目送武彦先生将遗体运出去吧。如果当时有人想进日光房，她也可以用某种借口将对方打发走。"

我呆呆地听着这番话，回想起贵和子夫人虚弱的声音——"我要给文彦整理一下遗容，能让我们两个单独待一会儿吗"，那原来是在演戏吗？

"武彦先生回到立花家后，先把小船拖到岸上，再把遗体运进立花家。把遗体搬进家中以后，他把遗体化妆成立花。武彦先生和文彦先生长得一模一样，所以文彦先生的脸当然也能够化得跟立花一模一样。

"接下来，他把遗体身上的白寿衣剥下来，换上跟立花穿过的差不多的灰色毛衣和褐色长裤。估计他提前准备好了十分相似的衣物吧。

"他还需要把刀插进遗体的左胸，这时当然不会出血，因此有可能被'立花尸体'的发现者怀疑。所以，他应该提前准备好了血浆，在把刀插入遗体后将其涂到了周围的毛衣上。

"前一天晚上9点左右死亡的文彦先生的遗体，正处在尸僵的过程中。尸僵发生在死亡后的两三个小时，四到七个小时遍及全身，十二个小时左右达到顶峰，一两天后才会开始缓解。所以，在将遗体运到立花家的时间，尸僵基本上还没有缓解。如果'立花尸体'的发现者为了查看脉搏，抬起他的手臂的话，估计就会发现尸体已经变僵了，此时就会意识到这具尸体是很

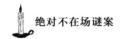

久之前死亡的，从而发现这并非立花的尸体。所以，武彦先生当时是为了让尸体的手臂无法抬起，才将尸体摆成双臂紧贴在身体两侧的姿势，并用绳子将上半身一圈一圈捆了起来，而不是为了绑上重物沉进琵琶湖里。

"我刚刚说他给尸体换上了毛衣和长裤，但是因为已经产生了尸僵，长裤暂且不论，毛衣应该很难穿上。所以，我觉得他应该是将毛衣的背面从上到下剪开了，然后将剪开的毛衣从前往后套到了尸体的上半身，这样也能让僵硬的手臂穿进袖子里。因为尸体是仰躺着的，所以不容易看到毛衣背面是被剪开的。上半身被绳子捆着，双臂也被固定在身体两侧，所以被剪开的毛衣也不会滑落。简直是一举两得。

"死后一天左右，尸体会产生角膜混浊现象。但是由于'立花的尸体'是闭着眼睛的，所以出川巡查并未察觉到这一点。明明不像是在睡梦中被杀害的，'立花的尸体'却闭着眼睛，这也能够间接证明，这其实是守灵时被合上眼睛的文彦先生的尸体。

"武彦先生为了误导别人凶案是在立花家发生的，还推倒了矮脚桌、打翻了茶杯、摔碎了酒瓶、掀翻了火盆、将灰烬撒到了榻榻米上。之所以选择出川巡查当'立花尸体'的发现者，是因为他知道出川巡查每天晚上都会在相同的时间沿着湖岸巡逻。"

出川巡查呆呆地听着哥哥的话。

"武彦先生故意不关立花家的门，吸引出川巡查的注意，诱使他进入家中。等到出川巡查发现'立花的尸体'，摸完尸体的手腕以后，藏在暗处的武彦先生就用三氯甲烷将出川巡查迷晕，再次将文彦先生的尸体搬到小船上。在这个节骨眼儿上，必须注意一件事，那就是在将尸体从立花家拖到小船上的时候，必须跟从小船上到立花家的拖痕一致。否则就会存在两条拖痕，暴露尸体是被人从某个地方运到立花家，后来又运走了的事实。

"随后，武彦先生就划着那条载有尸体的小船回了占部家，从水闸进入后院的池塘，在池塘边的小屋中度过一夜。估计是在那个时候，他帮尸体卸掉了立花的妆，拔掉了插在胸口的刀，拆除了捆绑上半身的绳子，脱掉了毛衣和长裤，又换上了白寿衣吧。

"然后是第二天，22日早上7点，贵和子夫人和我们兄妹结束在日光房的守灵，去了餐厅，武彦先生便趁此机会，通过窗户将尸体送回了日光房的棺材里。当时，三泽纯子女士和冈崎史惠女士也都在餐厅。也就是说，日光房里空无一人。估计是贵和子夫人提前告诉武彦先生，她会在7点结束守灵，离开日光房，让他在那之后立刻将尸体还回来吧。"

莲见警部沉声问道："你是说，守灵期间棺材一直是空

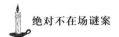

的吗？"

"是的。贵和子夫人之所以坐在日光房的棺材旁接待客人，就是为了防止有人打开棺材，发现里面是空的。藤田专务就曾提出想要瞻仰文彦先生的遗容，但是贵和子夫人以藤田专务喝醉了为借口拒绝了他，成功化解了危机。"

藤田脸上露出畏色，看向贵和子夫人。

"22日下午，文彦先生的葬礼举行，遗体在火葬场付之一炬。就这样，残留在遗体上的伪装痕迹——左胸被刀捅了两次的痕迹也消失了。

"至于22日白天，武彦先生估计一直偷偷地躲在池塘边的小屋里吧。当天晚上，贵和子夫人杀害了武彦先生。22日晚上，贵和子夫人几乎没有吃晚餐，不到7点就休息了，还劝三泽纯子女士和冈崎史惠女士也早点休息，那其实是为了制造杀害武彦先生的时机。据推断，武彦先生的死亡时间最迟为22日晚上10点，所以贵和子夫人回到自己房间之后，在10点前偷偷地见了武彦先生一面，杀害他后将他用绳子绑了起来吧，就像'立花的尸体'一样。

"随后，她又将武彦先生的尸体沉进琵琶湖中好几天，以此扩大死亡时间的推断范围。不过若仅仅是沉在水中，尸体不知何时就会浮上来，说不定会比预计的时间更早被人发现。所以，她在占部家的水闸外不远处，选择了一个不引人注目的地方，将尸体沉了下去，并将绳子的一头系在了水闸的某个地方。在眼下这个季节，占部家很少使用水闸，应该不用担心会被人发现。将绳子系在某处，也是为了便于将尸体拉上来。

"三天后的 25 日深夜，贵和子夫人划着小船来到了水闸外，用小船拖着绑在尸体身上的绳子，划到了湖中央，将尸体挂到了鱼笼上。

"第二天，即 26 日早上，尸体被人发现了，但是由于长时间泡在水中，无法判断准确的死亡时间，无法得知他是在 21 日的守灵夜遇害的，还是在 22 日晚上遇害的。和第一起案件一样，在第二起案件中，贵和子夫人同样通过死亡时间的误导，制造了不在场证明。"

说完，哥哥看向贵和子夫人："刚刚你问我，如果自己是同伙，为什么要在文彦先生被害之后，仍旧委托我们调查案件，并让我们住在家中。答案是，你想在守灵夜让我们陪同，成为你的不在场证人。"

莲见警部一脸费解地问道："可是，武彦先生是被害人吧？他为什么要协助她做这种事呢？贵和子夫人可是打算杀了他的啊。"

"因为武彦先生受到了贵和子夫人的蒙骗。"

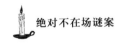

莲见警部很是疑惑："……蒙骗？"

"二次利用文彦先生的遗体，伪造'立花的尸体'的计划，在将文彦先生的遗体送回棺材的那一刻就告一段落。如果之后没有执行武彦先生谋杀案，这个计划就会成为'立花诈死逃亡'计划的一环吧。"

"是啊。"

"贵和子夫人向武彦先生提出的，就是这个'立花诈死逃亡'计划。她隐瞒了自己之后打算杀害武彦先生的计划。"

莲见警部又问："可是，立花的身份应该有不在场证明之墙和血型之墙的保护，他何必诈死逃亡呢？"

"因为贵和子夫人欺骗武彦先生，对他说不在场证明之墙和血型之墙都被推翻了。"

"欺骗了他？究竟是什么时候？"

"武彦先生偷偷溜进日光房的时候，估计贵和子夫人对武彦先生说：'我们21日晚上偷偷见一面，彼此汇报一下警方的搜查进展，还有犯罪计划进行得是否顺利吧。晚上文彦的遗体被运回来时，我会以整理遗容为借口，进日光房待十分钟左右，到时候我会把人都赶走，你就划着小船来占部家，到日光房跟我见面吧。'虽然这个提议有些古怪，但是在一定程度上挺符合逻辑的。在守灵会或者葬礼上，贵和子夫人作为丧主事务繁忙，很难制造跟人私会的机会。而武彦先生虽然伪装成了立花，却害怕身份暴露，不敢出现在过去打过交道的双龙镇的上流人士面前。所以，当她提议自己会假借替文彦先生整理遗容之机将外人阻止在外，与他在日光房见面的时候，武彦先生并没有觉察出什么不对劲的地方。

"随后，贵和子夫人对现身日光房的武彦先生说：'警方正在怀疑你，不在场证明之墙和血型之墙都被推翻了……'

"贵和子夫人又对惊慌的武彦先生说：'这样下去你会被逮捕，哪怕是逃，警方恐怕也会追到天涯海角。如此一来，就只剩下一个脱身方法了，那就是假装立花被杀了。'

"接着，她就提出了那个以假乱真的计划，即把文彦先生的遗体伪装成被谋杀的立花的尸体。这是一个冷静地想想就会发现疑点的计划，但是对贵和子夫人深信不疑的武彦先生，却真的相信了警方在怀疑自己，决定采纳她的计划。

"22日白天，武彦先生一直藏在池塘边的小屋里，准备一到晚上就悄悄地离开双龙镇。那天晚上，贵和子夫人来到小屋，建议两个人先一起划小船逃到隔壁镇，武彦先生再在隔壁镇的火车站坐火车逃亡。警方估计没有在双龙镇以外的车站布控，所以他可以坐火车……"

莲见警部发出疑问："你怎么知道她建议划小船逃走呢？"

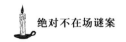

"贵和子夫人将武彦先生的尸体沉进琵琶湖中几天，而这个计划需要用到小船。若是在小船以外的地方杀害武彦先生，体力较差的贵和子夫人想要将尸体搬到小船上，想必非常费力吧，所以她只能在小船上杀害对方。因此，她必须提议划小船走。"

"原来如此，挺有道理的。"莲见警部点点头。

"当时贵和子夫人估计用花言巧语哄骗武彦先生穿上了立花的毛衣和长裤——为了让他以立花的身份去死。贵和子夫人和武彦先生一起坐上小船。估计划桨的是武彦先生吧。贵和子夫人坐在他的对面，乘其不备，用偷偷带着的刀捅进了武彦先生的左胸。对贵和子夫人深信不疑、双手又被桨占用的武彦先生，连反抗都没来得及就被刺中了。顺便一提，这个时候的刺伤绝对不能和'立花尸体'上的刺伤有出入。因此，贵和子夫人应该提前指示了武彦先生，让他在伪造'立花的尸体'时，在文彦遗体左胸的伤口上再插一把刀。确认武彦先生丧命之后，贵和子夫人便将他的尸体沉进了湖中……"

客厅一时被沉默占据了，似乎所有人的脑海中都浮现出了在深夜的湖中上演的凄惨景象。

"武彦先生的尸体被发现时，已经在水中泡了三天多，死亡时间范围便扩大到了21日晚上10点左右到22日晚上10点左右。21日下午4点多，'立花'正在接受莲见警部的盘问，所以这个时间就是推断死亡时间的上限。与此同时，由于当天晚上11点多让出川巡查看到了'立花的尸体'，所以这就是推断死亡时间的下限。只要提前在这个时间段内制造确凿的不在场证明即可。

"经过司法解剖，具体的死亡时间被推定为21日晚上10点多到11点多。在这个时间段内，贵和子夫人和我们兄妹在一起，所以她的不在场证明完美成立。"

我回想起在棺材旁接受客人吊唁的贵和子夫人，以及送走最后一位客人时她疲惫的模样。当时的她，正在进行这样一个一生一次的犯罪计划。

哥哥接着说："贵和子夫人之所以将尸体沉进湖中，除了制造不在场证明以外，还有一个理由。武彦先生不光整形成了文彦先生的样子，还乔装成了立花，这两件事都不能败露。可是只要做了司法解剖，二者都会真相大白。

"因为在进行司法解剖之前，要先将尸体的全身擦拭一遍，所以立花脸上的伪装——覆盖下半张脸的假胡子、鼻子上化出来的红晕——都会脱落，武彦先生那张和文彦先生一模一样的脸就会暴露出来。而且在司法解剖的过程中，脸上做过整形手术的事估计也会败露。立花的本来面目就是武彦先生，武彦先生的脸做过整形手术的事一旦被知道，贵和子夫人和武彦先生的诡计就会彻底败露。为了解决这个问题，她想出来的办法就

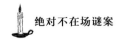

是把武彦先生的尸体沉入湖中。

"只要在水中泡几天，尸体的脸就会遭到钩虾的啃噬，化妆的事和做过整形手术的事都将无迹可寻。贵和子夫人在将尸体沉入水中时，为了让钩虾啃噬，估计在尸体脸上涂抹了钩虾喜欢的饵料吧。"

我还有一些疑问："关于立花被杀的理由，贵和子夫人又是作何打算呢？根据冈崎女士的证词，她误以为立花之所以惨遭灭口，是因为曾经偷窥凶杀现场，并发现了凶手的线索。可是立花偷窥现场时被冈崎女士撞见，说到底只是一次偶然啊。"

哥哥解释道："20日下午5点左右，立花来找文彦先生的时候，从文彦先生那里听说了武彦先生真实身份的相关信息，在文彦先生死后，他跑去试探那个人，却惨遭杀害——估计她本来是准备这么误导我们的吧。不过，因为出现了冈崎女士的证词，贵和子夫人便决定借机行事。"说完，哥哥盯着贵和子夫人，"在案件背后操纵一切的人是你。在此之前，我一直以武彦先生是主犯、你是从犯的口吻在陈述我的推理，但是真正的主犯应该是你吧。武彦先生是杀害文彦先生的实行犯，可他只不过是你的提线木偶。制订谋杀文彦先生计划的人一定是你。这个计划高瞻远瞩、舍近谋远，很是不同寻常，与我对你的印象完全一致。武彦先生按照你的计划杀害了他哥哥。可是，你真正的计划却藏在这个计划的背后 —— 包括谋杀武彦先生，以及制造相关的不在场证明。"

客厅的众人都屏气凝神，紧紧盯着贵和子夫人。时间仿佛被冻结了。既像是过了短短几十秒，又像是过了好几分钟。贵和子夫人观音菩萨般典雅的脸上，终于露出心如死灰的表情。她叹了口气，语调平稳地开口："……川宫先生，我不该邀请你们的。从衣笠夫人那里听说你们解决了盗窃案，我还以为你们只是运气比较好，没有把你们放在眼里。我做梦也没有想到你们这么能干。我愿赌服输。"

这句话是认罪的意思。莲见警部上前一步，问道："你承认自己协助杀害占部文彦，并且杀害了占部武彦和真山小夜子吗？"

"是的。我承认。"

"夫人！"三泽纯子和冈崎史惠发出尖叫声。

贵和子夫人轻轻地朝她们笑了笑："纯子、史惠，对不起。我已经帮你们把今后的生路安排好了，你们不需要担心。"

"夫人，您为什么要做这种事……"

贵和子夫人的眼神骤然飘远："为什么要做这种事？因为我想要力量。"

"力量？"莲见警部惊讶地反问道。

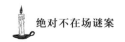

　　"没错，力量。我想要掌握占部制丝的实权，能够自由地做一番事业。我一直自诩拥有比大多数男人更强的意志力和更缜密的头脑。可是，哪怕我再有能力，仅仅因为我是个女人，就不得不远离事业。结婚以来，我一直旁观丈夫龙一郎经营事业，总是心急如焚，我觉得如果换成是我，肯定能做得更出色。我也曾不动声色地对龙一郎提过建议，可是龙一郎对我的话却总是表现得很不耐烦。我丈夫只希望我是一个恭顺贤淑的妻子，而不希望我成为他事业上的帮手。我对此非常愤懑。

　　"战争失败了，一切陈旧的价值观随之坍塌。因为是女人就得远离事业的时代本该结束了，这时，龙一郎却将文彦和武彦收为养子，打算将占部制丝的未来托付给他们。我彻底失去了施展拳脚的机会。丈夫去世后，文彦掌握了经营的实权。到头来，还是只有男人才能继承事业吗？

　　"我觉得自己简直像是被看不见的线束缚住了手脚。为了获得自由，只能剪断那根线 —— 除了杀掉文彦，我别无他法。我这样下定了决心。

　　"可是，在体力方面处于弱势的我一个人无法做到。于是我引诱了武彦，将他拉入了我的计划当中。武彦对经营公司毫无兴趣，所以我骗他说，杀死文彦之后，我就卖掉占部制丝，用那笔钱和他一起去东京过安乐的日子。武彦好像从小就喜欢跟他哥哥较劲。成为我丈夫的养子时，他和文彦暂时成了同伙，但是只要逮住机会，他就会想要打败他哥哥。所以面对我的提议，他没怎么犹豫就接受了。

"误导你们1月的整形手术是12月做的，武彦通过整形手术获得了一张新脸，这是武彦想出来的方案。在此之前，我完全没有发现武彦和文彦不是同卵双胞胎。可是听了他的话，我觉得这个方案非常妙。于是我就想出了利用这个方案，制造杀害文彦时的不在场证明的计划。这个计划中还包括武彦必须永远放弃原本的身份，以立花守这个新身份活下去，武彦连这件事都同意了。这样说或许有些自恋，但是武彦已经为我神魂颠倒了。可是，我从一开始就决定了要杀掉武彦。因为武彦终有一日也会成为我的束缚，而我再也不想被任何人束缚。"

贵和子夫人露出微笑。那是首次展露杀人犯一面的恐怖笑容。下一刻，她的脸色陡然黯淡下来。

"唯有一件事，我心中有愧，那就是杀害小夜子的事。那孩子在工厂一直勤勤恳恳，练筝也积极，还那样崇拜我。我却散发诽谤那孩子的信，最终夺走了她的生命，我实在于心不安。可是在我的计划中，小夜子的死是必不可少的一环……"

"详细情况跟我去搜查本部说吧。"莲见警部的表情，仿佛是不敢相信自己的眼睛和耳朵。

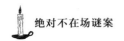

"好的。不过在此之前，能让我再摸一下我的筝吗？这或许
是我最后一次看到它了。"

她的语气里透着不容抗拒的力量，莲见勉强点了点头。

贵和子夫人起身走到陈列架旁，把手轻轻地放到那架黑漆
描金的筝上。我骤然产生了一个错觉，仿佛有优美的音色从那
架筝上流淌了出来。尽管我这辈子再也没机会听贵和子夫人弹
筝了，但是它的音色肯定非常优雅，蕴藏着汹涌澎湃的感情吧。

我看见背对着我们的贵和子夫人将右手送到嘴边，缓缓回
头，露出诡异的微笑。她的唇形仿佛在说："永别了。"下个瞬
间，她宛如断线一般倒在了地板上。

"糟了！"

莲见警部跑过去的时候，贵和子夫人已经躺在绒毯上，遭
受着生命流逝的折磨。

"医生！快叫医生！"

警部放声高呼，出川巡查则慌慌张张地奔出客厅。然而为
时已晚，贵和子夫人的身体停止了抽搐。她和真山小夜子一样，
吞下了氰化钾。她肯定是为了以防万一，将氰化钾的胶囊藏在
了十三弦筝的某处吧。我们茫然地伫立在女人的尸体前。她是
占部家最后一位成员，也是唯一一个杀人犯。

尾声

昭和二十二年^①·冬

---
① 即 1947 年。

12月2日清晨。在离开双龙镇之前，我和哥哥去了一趟龙星寺的墓地，为的是在真山小夜子的墓前，把案件告破的事情告诉她。

墓地里空无一人。在寒意沁人的清晨的空气中，只有一排排墓碑寂然矗立。

不，并非空无一人。我发现有个男人站在小夜子的墓前。那个男人一动也没动，所以我没有立刻发现他。

"哥哥，那个人是……"

是安藤敏郎。他手握花束，静静地站在墓碑前。

大概是察觉到了我们的动静，安藤回过头来。认出我们之后，他的脸上浮现出淡淡的笑意。

"是你们啊——谢谢你们为我洗清嫌疑。真的救了我一命。"

我问道："为什么你当时只说自己没有杀害文彦先生和立花，你也不是武彦，之后就一直保持沉默呢？"

安藤没有回答，只是脸上露出悲伤的笑意。

这时，哥哥问安藤："你是小夜子小姐的哥哥吗？"

咦？我不由得惊讶出声。

安藤在漫长的沉默之后，缓缓点了点头："您居然知道了啊。"

"安藤这个名字以及在国外当实业家的司机的履历，都是你伪造的吧？所以你才会一直保持沉默。"

"是的。我在近江八幡的旅馆认识了一个男人，名字和履历都是从他那里买来的。我真正的名字是真山亮平。我和小夜子出生在近江八幡，从小父母双亡，被亲戚抚养长大。不过因为跟亲戚相处得不融洽，我十六岁那年打算去混黑道，便抛下妹妹离家出走，去了东京。我答应妹妹一定会回去接她。我这个哥哥真的太蠢了。在加入的组织中，我受到了老大的赏识，成为老大的司机，可我却没有遵守和妹妹的约定，一次都没有回去看过她。战争开始后，我很快就被征召入伍了。战后复员以后，我挂念妹妹，于是回到了近江八幡。然后，我便得知了妹妹在双龙镇的占部制丝工厂当工人，不久前因为诽谤信自杀的事。强烈的悔恨涌上我的心头，都怪我一次都没有回来看过妹妹，我必须查清妹妹的死因。就在这个节骨眼儿上，我正好看到占部家在报纸上招聘司机，便决定以司机的身份潜入占部家。

可是我不能报出真山这个名字。恰在此时，我在廉价旅馆认识了一个叫安藤敏郎的男人。安藤患有严重的肺病，命不久矣。临死前他想回北海道的故乡，但是连旅费都没有。于是我就把自己身上的钱都给了安藤，买下了安藤的名字、履历和登记有姓名的粮食存折。就这样，我以安藤敏郎的身份应聘占部家的司机一职，并且顺利地得到了聘用。

"在调查小夜子的事情的过程中，我得知占部文彦的弟弟和小夜子是恋人关系，文彦对小夜子心怀不轨，散发了诽谤信——因为我是文彦社长的司机，所以一直在观察社长。可我实在无法相信是他散发的诽谤信。哪怕我装作不经意地提及小夜子的死，他也完全没有心虚的样子。然而，我又想不到除他以外还有谁会散发诽谤小夜子的信。小夜子从小就是个稳重内向的女孩，比起跟朋友一起玩，她更喜欢独自看书。据我打听，长大后她也没有什么变化。我实在无法相信有人会这么恨我妹妹，以至于要散发她的诽谤信，将她逼到自杀的地步。直到听了川宫先生的推理，我才知道了真相。我做梦也想不到，她被散发诽谤信以及被谋杀，居然是因为这么残酷的理由……"

哥哥说道："比起和朋友一起玩，更喜欢独自看书，小夜子小姐的这种性格，其实正中凶手们的下怀。假如她是一个喜欢跟人打交道、心里藏不住事的人，若是在她死后谎称她在跟

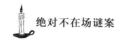
武彦偷偷谈恋爱，估计会有人跳出来反驳，说她没有那种对象。但如果是小夜子小姐那样的性格，周围的人或许就会想，她也不是不可能偷偷谈恋爱。这正是凶手们盯上她的原因。"

安藤——不，真山亮平难以自控地发出一声叹息。

"可是，我做梦也想不到夫人会是凶手。她明明又温柔又善良，对用人来说是个非常好的主人……我看不透她。她确实为了自己的计划杀害了同伙武彦，还夺走了小夜子的生命，可是我被警方带走的时候，她也是在真心实意地为我担心。她身上既存在自私冷酷的一面，也存在善良温柔的一面。我不知道到底哪一面才是真正的她……"

"应该都是真正的她吧。"

哥哥说完，真山亮平点了点头。

连细节都算计在内的缜密心思，加上骇人的胆量与行动力，如果贵和子夫人能够掌握占部制丝的经营实权，或许的确会成为一位优秀的经营者。不幸的是，能够让她完美地发挥这些能力的事情，就只有犯罪。

"你今后有什么打算？"我问真山亮平。如今贵和子夫人去世，占部家绝后，他这个司机的工作也保不住了。

"我打算去大阪。小夜子的死亡之谜已经解开了，这里已经没有我的用武之地了。而且，继续留在这个小夜子度过最后时光的镇子，对我而言太痛苦了。"

"是吗……"

哥哥看了一眼手表，北陆线的列车快要到站了。我们在墓碑前合掌，与司机作别，向双龙站走去。

解说

芬芳馥郁、出乎意料的谜团

阿津川辰海

第1章　回忆

　　优秀的推理小说只需一句话，就能颠覆你眼中的世界。我手头的这本书就是一个例子。

　　从高中时代起，我就一直很喜欢大山诚一郎的本格推理小说。2010年由PSP发行的推理游戏《诡计×逻辑》，我至今仍然记忆犹新。游戏剧本由我孙子武丸、绫辻行人、有栖川有栖、大山诚一郎、黑田研二、竹本健治、麻耶雄嵩等几位赫赫有名的作家创作。我和高中时代的朋友曾在放学后钻进麦当劳，如饥似渴地阅读大山创作的第四话《被切断的五首》。当我们两个绞尽脑汁，终于找到了解决的头绪，刷新了对案件的"看法"的那一刻，不禁同时大声欢呼，兴奋地击掌庆贺。对于我而言，大山诚一郎确实是能够带来"解谜"体验的骨干作家。

　　本作《绝对不在场谜案》（日文版书名《假面幻双曲》）是作者目前唯一的长篇作品，同时也是充满了作者魅力的力作。初次阅读时，我对前所未有的核心诡计大感震撼，重新阅读之际，又对作者缜密的布局钦佩不已。就像本篇解说的后半部分指出

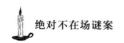

的那样，这版在初版（2006 年发行）的基础上进行了大幅度的修改，所以初次阅读的读者自不必说，哪怕是已经阅读过初版的读者，我也希望你们能够阅读一下这个文库版。

第 2 音　故事

　　昭和二十一年，战后不久的冬天。双胞胎弟弟占部武彦委托整形外科医生增尾为自己换上一张截然不同的脸。为了毁灭证据，他在杀害了增尾之后，偷偷地潜伏到了哥哥文彦的身边。而另一边，私家侦探川宫圭介、奈绪子兄妹来到了位于滋贺县长浜市的双龙站。他们受到占部兄弟的伯母贵和子的委托，在担任文彦贴身保镖的同时，寻找武彦的下落。可是——到底谁才是整容后的武彦呢？

　　本格推理小说是一种注重对前辈及先行作品致敬的题材，大山诚一郎的这种倾向尤其强烈。因此，在大山作品的世界里，我们能够感受到各种名作碰撞的魅力。"换脸杀人"这点就是对约翰·迪克森·卡尔的《夜行》的挑战，开篇就让双胞胎光明正大地出场，这样的展开方式也让人联想到在开篇就宣称"这篇推理小说的主要奥秘在于利用了双胞胎"的西村京太郎的《双曲线的杀人案》。本书受横沟正史的影响也很大，不光是整体的基调，在第七曲"复兴之街"中，为了获取某个信息去东京出差的情节，也令人联想到"金田一耕助系列"（《恶魔吹着笛子来》中的一章）。

作者作为小说家正式出道前是一位翻译家，译有埃德蒙·克里斯宾的《漫长的离婚》、尼古拉斯·布莱克的《死亡之壳》。在前作的译后记中，他称《漫长的离婚》为阿加莎·克里斯蒂等英国作家常用的"poison pen letter theme（匿名诽谤信主题）"作品，并且列举了出现过此类"诽谤信"的相关作品。在《绝对不在场谜案》中也出现了"诽谤信"的元素，这为以昭和为舞台的日本推理小说增加了一些翻译小说的氛围，令这部作品散发出独特的芬芳。

第3音　评价

然而不能否认的是，这部作品的初版在2006年发行后，出现了两极分化的评价。比如，千街晶之评价道："作为本格是一部相当精巧的力作，然而作者独具特色的简练的角色刻画，却成了这部作品的弱点。"（《密室收藏家》解说）福井健太虽然高度评价了它的谜题，但也指责它"令人感觉不到时代性，年代的设定只是一种让构思成立的取巧做法"（《字母表谜案》解说）。在"2013本格推理小说Best 10"的采访中，大山表示："我觉得自己是典型的短篇作家……写长篇必须具备能够将各种想法组装到一起，让故事丰富起来的'持久力'，但是我好像欠缺这种能力。"看来他对于这些评价是心怀惭愧的。

我引用这些评价和发言，绝对不是想要贬低本书的价值，反而是想要强调——大山为了回应上述这些被指责的弱点，在2023年①再版本书时，对原稿进行了大刀阔斧的修改。大山是勤于雕琢的作家。事实上，大山的作品在推出文库版时，经常为了提高推理的强度而改稿，《柳园》（收录于《密室收藏家》）、《面包的赎金》（收录于《诡计博物馆》）等就是代表性的例子，而本作的修改量远不是这些作品可以比拟的。

在我刚刚出道时，责任编辑曾告诉我："对于小说家而言，'写什么'很重要，但是'怎么改'也很重要。"在这个意义上，

---

① 中文版《绝对不在场谜案》即译自大山诚一郎改稿后的新版。——编者注

探索《绝对不在场谜案》是如何修改 —— 如何重新架构的，会成为一种罕见的体验。

第4音　改稿

"(……) 单行本版本到处是漏洞（①），而且悬念不足（②），昭和二十年代前半期的时代氛围也几乎没有写出来（③），所以必须重写（……）"（摘自2016年6月30日大山诚一郎社交账号）

作者大山诚一郎针对《绝对不在场谜案》改稿的必要性，曾经说过上面的话。①②③是解说者为了方便而添加的。

带着作者本人认识到的这三个问题，我对比了初版和文库版，从开篇的"第一曲　隐藏的脸"开始就吓了一跳。关于本案件发生的舞台 —— 滋贺县的风景和小镇的生活气息等，本章增加了丰富的描写（③。不光这一处，"第七曲"中对东京的描写也引人注目）。在初版中，侦探开篇就去了委托人贵和子夫人那里，但是在文库版中，作者却先漫不经心地描写了小夜子一周

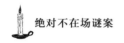

年忌日的光景，以及"小姐"咖啡馆的姐妹间的不吉利对话，等等。作者向我们证明，哪怕不依赖恐怖的描写，仅仅像这般给出信息，调整描述顺序，也能够酝酿出②的悬念。从小夜子的一周年忌日切入，被"诽谤信"逼死的小夜子的悲剧在故事当中贯穿始终。另外，通过比初版更浓墨重彩地描写小夜子的插曲，也更容易理清登场人物之间的关系。这也有助于改善②〔在初版中，"小夜子"的本名首次出现于八十一页，即整本书（共二百五十页）的约三分之一处。在此之前，她一直被用"女工"等极为抽象的符号来代替，因此名为小夜子的女性很难给人留下印象。尾声的余韵之所以比初版更为悠长，就是这个缘故〕。

我们再来关注一下分量。初版换算成原稿用纸，共计三百七十五页，文库版略有增多，共计四百〇六页。但是根据我的印象，作者对插曲和时代描写的润色，比增加的页数要多。至于与①相关的"第二起谋杀案"的诡计，则几乎全部推翻重写。初版的犯罪计划风险极大，但是通过删除"食人沼"，并且参照参考文献中的芝木好子的《群青湖》，增加了"琵琶湖"的描写，使③得以丰富，还补充了凶手一方的风险。虽然留下了"可能败露"的瞬间，却粉碎了"事后"的风险。

尽管如此，页数却依然只有略微增加的程度。这是因为作者不仅做了扩写和润色，还毫不留恋地删除了没必要的元素，重新调整了插曲的顺序。比如在文库版中，将破案时锁定凶手的条件由五个删减到了四个。那么解谜的准确度下降了吗？答案是没有。反而由于删除了"第五个条件"，减少了凶手不自然的行为，降低了犯罪的风险。可以说作者不是单纯的删减，而是选择了有效的删减。

插曲变多了，页数却没有增加，这可谓最理想的改稿吧。这证明作者既提升了小说的强度，又删除了冗余的内容。《绝对不在场谜案》的改稿正是一个正面案例。

小说家过了一段时间重新修改作品，会在作品中同时呈现出"过去"的自己和"未来"的自己。一个是兼具翻译小说的风情和对古典致敬、为逻辑服务的"过去"的自己；另一个是在本书出版后，以推理的形式描写超越时光的感情的"诡计博物馆"系列之后的"未来"的自己。我认为，或许正是因为存在这两个自己，作者才会对本书的结构做出这样的调整，以"小夜子"这一女性为轴心，将她的悲剧安排在开篇与末尾，使她的故事贯穿始终。

在这里，我们能够看到大山诚一郎的"过去"与"未来"。

恰如一对双胞胎兄弟。

更好的阅读

出 品 人　沈浩波

特约监制　潘　良　于　北

产品经理　苟新月

文字编辑　李芳芳

版权支持　冷　婷　金丽娜　李孝秋

营销支持　金　颖　于　双　丁思雨　黑　皮

关注我们

官方微博：@文治图书

官方豆瓣：文治图书

联系我们：wenzhibooks@xiron.net.cn